文春文庫

海の十字架

安部龍太郎

目次

海の十字架

海の十字架

大村純忠

一

妙な男だった。

鮮やかな緋色の水干《すいかん》を着て、つば広の帽子をかぶり、ビロードの黒いマントを羽織っている。色白の面長の顔にひげをたくわえ、首には銀のロザリオをかけていた。

（こやつ、南蛮人か）

大村民部大輔純忠《おおむらみんぶたいふすみただ》はそう思った。

これまでポルトガルや明《みん》国の船乗りには何度か会ったことがある。彼らと同じ異国風の出立ちだが、水干を着ているところが解《げ》せなかった。

「近衛《このえ》バルトロメオさまでございます」

家老の朝長伊勢守純利《ともながいせのかみすみとし》が告げた。

前関白近衛稙家《たねいえ》の庶子で、今は山口の毛利《もうり》家に身を寄せているという。

「身共《みども》は京都でヴィレラ神父から洗礼を受けましてな。今もイエズス会とは親しゅうさせていただいております」

今日はそちらから頼まれた用件があって来たと、バルトロメオが木箱に入れた手みやげを差し出した。

銀の延べ棒が十本入っている。重さはおよそ二貫（約七・五キロ）。金四十両に相当する大金だった。

「平戸でのことは聞いてはりますやろ」

「何やら騒乱があったとか」

純忠は無関心を装った。

「生糸の取り引きをめぐって、ポルトガルと日本の商人が喧嘩をしましたんや。これにポルトガル船の船員や松浦《まつら》家の家臣まで加わって、仰山《ぎょうさん》死人が出てしまいました」

平戸港近くの七郎宮で起こったので、俗に「宮の前事件」と呼ばれている。

この騒乱で十四人のポルトガル人が殺されたが、領主の松浦肥前守《ひぜんのかみ》隆信《たかのぶ》は家臣に落度はなかったとして処罰しようとはしなかった。

そのためにポルトガルやイエズス会との関係が険悪になっていた。

「そこでイエズス会は、平戸から別の港に貿易や布教の拠点を移そうと考えております。そうして白羽の矢を立てたのが、大村さまのご領内の横瀬浦《よこせうら》です」

「あそこは小さな漁村があるばかりだが」

「それでも地形といい外海《そとうみ》に近い立地といい、ポルトガルのナウ船が寄港するには最適だと思われます」

そこでまず港の測量をさせてもらい、海の深さなどを計ってナウ船が寄港できるかどうかを確かめさせてもらいたい。バルトロメオが差し出した銀二貫は、そのための手付け金だった。

「このことを松浦肥前守どのはご承知か」

「平戸から引き上げると分ったら、どんな妨害をされるか分りません。そやさかい極秘のうちに進めております」

「さようか。それでは当家としても」

応じるわけにはいかぬ。そう答えようとした時、側に控えた伊勢守が口をはさんだ。

「殿、測量だけなら構わぬのではありませぬか」

「しかし、貿易の利を奪おうとしていると受け取られよう」

「漁でもしているように見せかければいいのでござる。横瀬浦には家船《えぶね》の者もおりますので、怪《あや》しまれることもありますまい」

家船とは屋根をつけた船で生活する海の民のことで、西彼杵《にしそのぎ》半島の浦々にはこうした者たちが多かった。

「だが港の近くには針尾伊賀守《はりおいがのかみ》がおる。あの者の目はあざむけまい」

純忠は二の足を踏んだ。

六歳の時に有馬《ありま》家から大村家に養子に出され、二十九になるこの歳まで、薄氷を渡るように慎重《しんちょう》に生きてきた。

肥前の虎と怖れられる松浦隆信を敵に回すようなことはしたくなかった。

「それなら大村さまはご存じなかったことにいたしましょう。たとえ誰かに見つかっても、決して口は割りませんさかい」

「測量だけでは済むまい。その方らが平戸から横瀬浦に移ったなら、我らの関与は隠し様がないではないか」

「測ってみなければ先のことは分りまへん。もし移るとなったら、この何十倍もの銀をお持ちいたしますさかい、腹をすえて考えたらいいんとちがいますか」

バルトロメオは交渉に長《た》けている。純忠の欲心を見抜き、大金をちらつかせて承諾させたのだった。

翌朝、純忠は何とも不快な気分で目を覚ました。

誇りを汚されたような、人としての資格を奪われたような、いわく言い難い苛立ちに駆られている。

理由は分っていた。

銀二貫で測量を許したことへの反省と、伊勢守に仕組まれた腹立ちである。

伊勢守は何も言わないが、事前にバルトロメオと連絡をとっていたにちがいなかった。

苛立ちが高じると、純忠は大村館にいることが耐えられなくなる。養子として入った大村家が、自分を閉じ込める牢獄のように感じられるのだった。

「新助《しんすけ》、おるか」

「こちらに」

隣りの部屋で朝長新助が即座に応じた。

近習《きんじゅう》をつとめる若侍で、伊勢守の年の離れた弟だった。

「宿替えをする。手配をせよ」

「承知いたしました」

新助が用意した駕籠《かご》に乗り、館の裏門から抜け出した。

向かったのは久原《くばら》城である。

大村館から一里（約四キロ）ほど南に行くと、玖島崎《くしまざき》という小さな岬が大村湾にせり出している。そのつけ根の高台に、大村家の詰めの城である久原城があった。

「殿、気散じでござるか」

城代の宮原式部《みやはらしきぶ》が迎えた。

純忠が大村家に養子に入った時に有馬家から従ってきた家臣で、武勇をもって他国にまで知られていた。

「世話になる。警固を頼む」

「ご安心を。ゆるりとお寛《くつろ》ぎ下され」

城の二階櫓《やぐら》からは大村湾を見渡すことができる。沖に浮かぶ臼島《うすしま》や箕島《みしま》も指呼《しこ》の間《かん》に望むことができた。

そうした景色をながめているうちに、苛立ちに波立った胸が次第に鎮まっていく。それに久原城は三方が海なので、大村館よりはるかに守りが堅い。

大村家を継いで以来、常に謀叛の危機に直面してきた純忠にとって、そのことも心が安まる大きな要素だった。

「バルトロメオを招いたのは、伊勢守であろう」

新助にたずねた。

「そのようでございます」

「横瀬浦にポルトガルの船を入れようと、本気で考えているのか」

「殿のご無事を図るには、それしか方法がない。兄はそう申しておりました」

新助は伊勢守の独断をわびて身をすくめた。

まさに花の盛りである。うつむいた顔には人を魅了《みりよう》せずにおかない美しさがあった。

「わしの無事を図るとは、家中に不穏の動きがあるということか」

「兄から聞いたことゆえ、確かなことは分りませぬが」

「構わぬ。伊勢守がそちに話したのなら、わしに伝わっても構わぬということだ」

「後藤貴明《ごとうたかあきら》どのが松浦肥前守さまの子を養子に迎え、両家の結束を図ろうとしておられるそうでございます」

貴明とは大村家の先代純前《すみさき》の子で、本来なら家督を継いでしかるべき立場にあった。

ところが純前は肥前南部に勢力を張る有馬家との関係を強めようと、有馬晴純《はるずみ》の子純忠を養子に迎えた。

そのために武雄《たけお》の後藤家に養子に出された貴明は、純忠を追い出して大村家に復帰しようと、旧臣や一門衆に手を回して何度も陰謀を企んでいる。

そして今度は平戸の松浦隆信まで身方に引き入れようとしているのだった。

「肥前守さまもこの縁組に乗り気で、やがて当家の敵となられましょう。そうなる前に、両家に対抗できる力を身につけねばならぬ。兄はそう申しておりました」

「すると伊勢守は……」

バルトロメオを招いただけでなく、前々からポルトガル船を呼び込むための工作をしていたのだろう。

そんな疑いが純忠の頭を駆け巡ったが、口にはしなかった。その不快に耐える代償だとばかりに、新助の手を取り肩を抱き寄せて唇を合わせた。

「お許し下さいませ。奥方さまに叱られます」

「女子《おなご》など腹を借りるだけのものじゃ。子供を産ませておけばそれで良い」

純忠は新助の着物の合わせから手を入れ、体をまさぐりながら押し倒した。

こうした行為に溺《おぼ》れている時だけが、何もかも忘れて生きている手応えを感じることができるのだった。


永禄四年（一五六一）の秋も深まった頃、再び近衛バルトロメオがやって来た。

驚いたことに麻の小袖にくくり袴という漁師の出立ちで、粗末《そまつ》な笠をかぶっている。顔にも薄墨を塗って潮焼けしたように見せかけていた。

「お待たせしてすみまへん。やっと埒《らち》があきました」

「十日もすれば終ると言っていたが、遅かったではないか」

測量の許可を出して、まだ半月しかたっていない。だが純忠はずいぶん長く待たされたように感じていた。

「大村さまのおおせの通り、針尾伊賀守の配下が目を光らせておりました。そやさかい怪《あや》しまれんようにするのに、少々手間取ったのでございます」

「それで結果は」

「殿、こちらでございます」

伊勢守が懐から測量図を取り出した。

ている。


「こ、これは……」

純忠は地図の精巧《せいこう》さに目を見張った。

佐世保湾の入口の瀬戸から横瀬浦の港まで、入り組んだ地形をあます所なく書き写している。

純忠も何度か大村湾から佐世保湾、そして外海の五島灘への航路をたどったことがあるが、その時見た景色を詳細に思い浮かべられるほどだった。

「まるで鳥になって、天から見下ろしているようではないか」

「三角測量法という西洋の技を用いれば、このような地図が作れるそうでござる」

伊勢守はそういったが、それ以上のことは知らなかった。

「細かく書き込んでいるのは、数字というものか」

「アラビア数字と申します。海の深さが記されております」

「それで結果はどうじゃ。ポルトガル船が入港できそうか」

純忠は地図を見ただけで、西洋という未知の文明に強い興味を覚えた。

「素晴《マラビローソ》しい。これほど素晴しい港は世界中どこにもないと、同行したポルトガル人の水夫《かこ》が申しておりました」

バルトロメオが自信たっぷりに答えた。

「ポルトガル人まで、船に乗せたのか」

「彼らの技がなければ、こんだけの地図は作れまへん。漁師の格好をさせ、外に出んようにしたさかい、怪しまれることはなかったはずです」

「海の深さは、どうやって測った」

「底釣りと同じや。糸の先に重りをつけて海の底までたらせば、糸の長さで深さが分ります」

横瀬浦ならナウ船が港の沖に停泊《ていはく》することができる。

佐世保湾の入口の瀬戸は狭く、外洋からは山が連なっているようにしか見えないので、敵に発見されることもない。

しかも湾の奥には針尾瀬戸があり、大村湾とつながっているので、万一の時にはこちらに退避《たいひ》できる。

それがポルトガル人の水夫がマラビローゾと絶賛した理由だった。

「この結果をイエズス会に知らせれば、すぐにも移りたいと言うはずや。大村さま、それを引き受けて下さいますか」

バルトロメオが決断を迫った。

純忠はじっと地図を見つめたまま黙り込んだ。心は大きく傾いている。問題は港を提供する見返りに、どれだけの条件を引き出せるかだった。

「殿、いかがでございましょうか」

伊勢守が気を揉んで返事をうながした。

「バルトロメオ、そちは今しがた、世界一の港だと申したな」

「言いました」

「ならば、それなりの見返りが欲しいものだが、港を貸すことで我らはいかほどの収入を得られようか」

「平戸の松浦さまには、一年に銀五百貫をお支払いしております。それに港に入る船から津料《つりよう》（港湾利用税）や関銭《せきせん》（関税）を取ることができますよって、年間一千貫（約十六億円）は下らないものと存じます」

「ほう。さようか」

喜びに胸の鳥が飛び立つ思いを抑え、純忠は平静を装った。

銀一千貫といえば、大村家の蔵入り地から入る収入の十倍を超えていた。

「しかし、それほど莫大な収入が失われるのであれば、松浦肥前守どのが黙っておられまい。当家を潰そうと攻め寄せて来られると思うが、その時にイエズス会やポルトガルは、我らを守ってくれようか」

「もちろんです。大村さまには鉄砲や弾薬を優先的にお引き渡しします。それで強力な鉄砲隊をお作りになれば、肥前の虎といえども手出しはできなくなりますやろ」

それでも心配なら、もうひとつ取っておきの手がある。バルトロメオがそう言った。

「大村さまが身共のように洗礼を受けはることです。キリスト教徒《クリスタン》になればイエズス会やポルトガルの同胞と見なされ、身内と同じように守ってくれます」

「取っておき？」

純忠が攻められたなら、軍艦と大砲を使って支援してくれるという。

松浦や後藤、そして近頃台頭してきた佐賀の龍造寺隆信《りゅうぞうじたかのぶ》の脅威にさらされている大村家にとって、何とも有難い話だった。

二

近衛バルトロメオが示した二つの条件は、純忠にとって大きな魅力だった。

開港と貿易によって収入が増大すれば、養子に入って以来肩身の狭い思いをしてきた大村家で、領主としての主導権を確立することができる。

鉄砲や弾薬を独占的に買い付けることができれば、強力な鉄砲隊を組織して敵を圧倒できるし、西洋の優れた知識や技術を取り入れ、領国経営を充実させることもできる。

まさに救いの神のようなものだが、最後の決断をつけかねているのは、港を開きキリスト教の布教を許せば、家臣や領民の反発を招く恐れがあるからだった。

現に平戸の松浦家では、仏僧たちからの強い抗議によって宣教師を追放せざるを得ない状況に立ち至っている。

宮の前事件が起こったのも、そうした宗教的な対立が背景にあったからだ。

もし純忠がキリスト教の布教を許せば、武雄の後藤貴明と通じている一門衆や重臣は、神仏の教えに背いたことを理由に純忠を責め立て、一気に大村家から追放しようとするだろう。

それを恐れて踏み切れずにいるうちに、冬になって外海が荒れ始めた。平戸との往来もできなくなり、イエズス会との交渉も中断せざるを得なくなったのだった。

バルトロメオの使者が来たのは翌年四月、大村湾が新緑を映して緑色に染った頃だった。

横瀬浦にナウ船が寄港できるかどうか試してみたい。六月にはマカオから貿易船が到着するので、それを入港させるつもりである。

ついては入港準備のために、水夫とイエズス会士が居住することを許可していただきたい。公家風の巻紙にそう記されていた。

「強引なやり方だな」

純忠は半ばの期待、半ばの反発の間で揺れていた。

「貿易船は年一回しか来ないそうでござる。例年の如く平戸に入ってからでは、横瀬浦に寄港することはできなくなります」

伊勢守はバルトロメオと意を通じている。すでに何度か交渉しているようだった。

「定期船といえば、大きな船であろう」

「長さが三十間（約五十五メートル）ほどあるようでござる」

「三十間だと」

純忠が驚くのは無理もない。日本の船は大きくても十五間ほどである。長さが二倍なら、容積は何倍にもなるはずだった。

「そのような船が入ってくれば、船番所の者がすぐに気付く。わしが入港を許したことが分ってしまうではないか」

「そうならないように、船が故障したので緊急避難をしたことにすると、バルトロメオどのはおおせでございます」

緊急避難であれば、故障が直るまで停船させるのが海の男たちの掟だった。

「そもそもバルトロメオとは何者だ。どうしてそのような才覚を身につけておる」

「近衛稙家公が若き日に内親王さまと深い仲になり、子をもうけられたそうでございます。そこで醜聞《しゅうぶん》を避けるために寺に預けられ、大原三千院でお育ちになったとか」

「それでは帝のお血筋ということではないか」

「あくまでご当人の話でござる。真偽のほどは分りませんが、朝廷の使者として毛利家におもむかれ、石見《いわみ》銀山についての交渉をしておられるのは事実でござる」

「何の交渉じゃ」

「毛利どのは銀山の支配をめぐって、山陰の尼子《あまご》氏と激しい争いをくり返して参られました。この争いを終らせるために、毛利どのは石見銀山を朝廷に寄進し、禁裏御料所にしようとしておられるのでござる」

朝廷領となれば、誰も手出しができなくなる。

毛利元就《もとなり》はそれを狙ってこの案を上奏した。

朝廷では銀山の実態を調べるために、バルトロメオを山口に派遣したという。

「石見で産出した銀は博多や平戸に運ばれ、ポルトガル人に売り渡されます。そうした交渉をするにも、クリスタンであるバルトロメオどのが適任だと思われたのでございましょう」

朝廷は銀の取り引きを通じてポルトガルと結び付きを強めようとしているという。

バルトロメオがイエズス会に対して強い発言力があるのは、朝廷、あるいは近衛家の後ろ楯があるからにちがいなかった。

定期船の入港は六月十日だった。

ペロ・バレトが船長をつとめるナウ船が高後崎の瀬戸を抜け、横瀬浦の港の沖に停泊したのである。

純忠はこの様子を見るために、伊勢守が手配した長屋付きの船に乗って横瀬浦に向かった。

供をするのは伊勢守や新助ら、純忠が有馬家から養子に入った時に従ってきた者たち十五人である。

大村家の者たちは後藤貴明に通じているおそれがあるので、容易には心を許せなかった。

大村湾を北に向かい、針尾瀬戸にさしかかった。

佐世保湾への出口に位置する狭い水路で、満潮や干潮の時には潮の流れが急激に速くなって渦を巻く。

その特性を知っている者しか通れない海の関門で、瀬戸を出て佐世保湾に入ると、右手に険しい崖がそびえている。

崖の上にあるのが針尾伊賀守貞治《さだはる》の針尾城。崖の下の入江が、針尾水軍が拠点としている舟入りだった。

伊賀守はこの地を押さえることで、五島灘から佐世保湾、大村湾に至る水路を支配し、通航する船から上乗《うわの》り料（水先案内料）を徴収していた。

瀬戸を抜けて西に向かうと、横瀬浦の沖にポルトガルのナウ船が停泊していた。

船体を黒く塗り、甲板には三本の帆柱《マスト》を高々と立てている。

「あれが、ナウか」

細目に開けた船の戸から外をのぞき、純忠は絶句した。

船は横瀬浦の東の丸崎鼻と八ノ子島の間に錨《いかり》を下ろしている。長さはまさに三十間ばかり。船体は想像していたよりはるかに大きい。

海に浮かぶ要塞のようで、船側からは八門の大砲が砲門をのぞかせている。片側八門、両側では十六門。舳先《へさき》と艫《とも》にも砲身の長い大砲を搭載《とうさい》し、前後から攻めてくる敵に備えている。

船のまわりを針尾水軍の小早船《こばやぶね》二十艘近くが取り巻いて警戒にあたっているが、ナウ船の甲板までは三間（約五・五メートル）ちかい高さがあるので、手も足も出せないようだった。

（凄い、何という……）

純忠はナウ船の威容《いよう》に圧倒され、あわてて戸を閉めた。

あまりの驚きと感動に胸は高鳴り息は詰まって、頭が真っ白になっている。

このまま見ていたら、どうにかなってしまいそうだった。

五日後、伊勢守に案内されてバルトロメオとポルトガル人の宣教師がやって来た。

西洋人にしては小柄で、きゃしゃな体付きをしている。細面《ほそおもて》で鼻筋が高く通り、誠実そうな目をしていた。

「こちらはルイス・デ・アルメイダさまです。昨日豊後《ぶんご》府内（大分市）から着かはったばかりでございます」

　バルトロメオが紹介した。

「アルメイダさまは修道士《イルマン》ですが、医術の心得もあります。府内では乳児院や病院を建て、多くの子供や病人を救ってはります。こちらが大村のご領主、大村純忠さまです」

「アルメイダと申します。お目にかかれて光栄です」

　しっかりとした日本語で挨拶した。

　日本に来て七年になるので、日常会話は不自由なくできるという。

「純忠じゃ。大村までよく来てくれた。医術の心得のある宣教師とは珍しい」

「若い頃にはリスボンの王立病院で外科医をしていました。ですが思うところあって、神の下僕《しもべ》として生きる決意をいたしました」

「今も若く見えるが、歳はいくつじゃ」

「三十八になります」

　純忠より八つ年上だが、それにしては若い。まだ十七、八の青年のような初々しさがあった。

「大村さま、今日は開港の条件について話し合うために来ましたんや。大まかなことは、先日伊勢守さまにお伝えした通りです」

「その前に先日見た船について教えてもらいたい。山のような大きさであったが、いったい何人くらい乗れるのだ」

「四百人ばかりと聞いとります」

「帆柱が三本もあったが、どれくらいの速さで進むことができる」

「それは風と潮の加減によってちがうんやないですか。なあ、イルマンどの」

バルトロメオは返答に困り、アルメイダに助けを求めた。

「早い時にはマカオから平戸まで七、八日で着きます」

「嵐にあったり座礁することもあろう。それには耐えられるのか」

「日本と西洋では船の造り方がちがいます。ナウ船は船底に竜骨を用い、船側の板も縦に張っておりますので、和船より構造的に強く、大きな船が造れるのでございます」

「新助、竜骨とは何か後ほど詳しく教えてもらえ」

純忠は側に控えた朝長新助に調査を命じ、大砲についての質問に移った。

どれくらいの大きさの弾を、どこまで飛ばすことができるのか。聞きたいことは山ほどあった。

「船や大砲についての専門的な知識は、私にはありません。どうか横瀬浦に使者をつかわし、船の乗員にたずねて下さい。その時には私が案内いたします」

アルメイダはそう提案して話を打ち切り、開港の交渉に移った。

「私たちの希望については、バルトロメオから朝長伊勢守さまに伝えてあります。大村さまにご希望があれば、遠慮なく言って下さい」

「殿、こちらでございます」

伊勢守が墨跡あざやかな書状を示した。

見惚れるほどの雄渾《ゆうこん》な文字は、バルトロメオの筆《て》になるものだった。

「見事な書だな」

「おおきに。近衛流ですよって」

書は申し分ないが内容は厳しい。その主なものは次の通りである。
一、大村領内における布教を許可し、数ヵ所に教会を建てること。
一、教会の維持費用とするために、横瀬浦の港の周囲二レグワ（約十一キロ）の地を農民とともにイエズス会に寄進すること。
一、寄進地には司祭《パードレ》の意思に反して異教徒が居住することを許さないこと。
一、ポルトガル船が同港に来たなら、これと貿易を行なうために横瀬浦に来る商人に対して十年間一切の税を免除すること。
「伊勢守、そちもこれに同意したのか」

純忠は険しい目を向けた。

これでは領地をイエズス会に譲り渡すのと同じだった。

「おおむね了解いたしました。後は殿のご判断でござる」

「これでは家中の納得は得られぬ」

純忠は新助に墨と筆を運ばせ、書状に次のように書き加えた。

一、港に大村館を建て、港の周囲の土地については折半とすること。

一、ポルトガル船と貿易を行なうために横瀬浦に来る商人に対しては、船の津料はイエズス会の、関銭は大村家の収入とすること。

「大村さまこそ、見事な字を書かはりますな」

バルトロメオは渋い顔で書状を読み、アルメイダに純忠の要求を伝えた。

「分りました。これで合意できるかどうか、上司のトルレス神父の判断をあおいでから返答いたします」

アルメイダはあっさりと引き下がったが、純忠の要求を神父に承諾させるためにも、聞きとどけてもらいたいことがあると言った。

「大村さまは洗礼を受けたいと望んでおられると、バルトロメオから聞きました。それが事実であれば、是非とも神の祝福を受け、我らの同胞になっていただきたいのです」

「望んだわけではない。バルトロメオから勧められただけだ」

「大村さまが範を示して下されば、家臣や領民もそれに倣《なら》うでしょう。我らと同じく神《デウス》の子になられるわけですから、イエズス会もポルトガルも全力を尽くして大村領の繁栄と平和をお守りいたします」

「神の子か……」

純忠の頭に十八門の大砲を搭載したナウ船の威容がよぎった。

あの船に守ってもらえるなら、後藤や松浦、龍造寺が束になってかかってきても恐るるに足りなかった。

十日後、アルメイダからの返答をバルトロメオの使者が伝えた。

トルレス神父に相談したところ、純忠が洗礼を受けて入信するなら、二つの要求を受け容れるとの返答を得たという。

「どうあっても、入信させようというわけか」

純忠はあまりのしつこさにいささか嫌気がさした。

「あの方々は一人でも信者を増やすことが、神への奉仕だと考えておられます。その故《ゆえ》でございましょう」

新助はアルメイダが大村に滞在していた間に親しく教えを受け、少なからず感化されていた。

「神がこの世界を創ったゆえ、誰も皆神の子であるというのであろう」

それを教えることが、その人を救うことにもつながる。宣教師たちがそう考えていることは純忠も知っていた。

「父なる神の教えに従い、戒律《かいりつ》を守れとも教えておられます。その厳しさは仏教の比ではありませぬ」

「妾も若衆も禁じているそうだな」

「そのようにうかがいました」

新助が恥じ入るようにうつむいた。

純忠の寵童《ちょうどう》であることに罪悪感を覚え始めているようである。これもまた入信にあたって気になることだった。

三

純忠は横瀬浦での教会や宿所の建設には協力を惜しまなかったが、入信の承諾は先延ばしにした。

それが公になったなら、後藤貴明の復帰を願っている一門や重臣が、どんな行動に出るか分らない。

彼らを抑えきる目途《めど》が立つまでは、うかつなことはできなかった。

八月になり秋の気配が漂い始めた頃、その懸念が現実になった。

「殿、一大事にござる。城下で不審な山伏を捕えたところ、このような物を」

伊勢守が血相を変えて密書を差し出した。

先代純前の兄良純《よしずみ》から後藤貴明にあてたもので、富永丹後をはじめとする重臣四人と、針尾伊賀守を筆頭とする国衆七人が、良純に従い貴明に与《くみ》すると記されていた。

「おそらく後藤、松浦勢が攻めて来たなら、内応する手筈だと思われます」

「すぐに久原城に移る。手勢を集めて守りを固めよ」

純忠の対応は早かった。

伊勢守らに戦仕度をさせて久原城に入ると、宮原式部に臨戦態勢を取るように命じた。

「お任せ下され。大手門の内には、蟻一匹通し申さぬ」

式部がぶ厚い胸を叩いて請け合った。

集まったのは有馬家から従ってきた譜代の者たち二百人ばかりだが、謀叛を企てていた者たちの虚《きょ》を衝《つ》くには充分である。

重臣たちの中には、加担していたと疑われることを恐れ、戦仕度をして城に駆け付ける者も何人かいた。

純忠は信用のおける重臣だけを二階櫓に集めると、

「これから城を抜け出して有馬へ行く」

そう宣言して伊勢守と新助に供を命じた。

「援軍を求めるのでござるか」

「もはや敵が攻めて来る気遣いはない。兄上に相談があるのだ」

舟入りから小早船を出し、大村湾を南に向かって諫早《いさはや》の喜々津《ききつ》で上陸した。

諫早の領主西郷純久《さいごうすみひさ》は純忠の妻吉野《よしの》の父で、有馬、大村とは同盟関係にある。大村と有馬をつなぐ早馬の設置もしているので、主従五騎、喜々津の馬屋につないだ馬に乗って島原半島へ向かった。

走ることおよそ五里。半島北部を領する千々石《ちぢわ》家の城下に入った。

領主の千々石直員《なおかず》は有馬家から養子に行った純忠の弟である。

後に天正遣欧使節としてヨーロッパに渡った千々石ミゲルは、直員の嫡男、純忠の甥だった。

ここの馬屋で馬を替え、さらに南へ五里ばかり。

雲仙山地の険しい尾根を越え、その日の夕方に有馬家の居城である日野江《ひのえ》城に着いた。

城主の有馬義貞《よしさだ》は純忠の十二歳上の兄で、嫡男である。

父晴純に似て文武に秀でた名将で、純忠は子供の頃から目標にも頼りにもしてきたのだった。

「珍らしいな。急に訪ねて来るとは」

島原湾を眼下に見下ろす本丸御殿で、義貞は対面に応じた。

南には天草の上《かみ》島と下《しも》島が、真っ青な海をへだてて横たわっていた。

「後藤貴明と通じた者たちが、謀叛を企てました」

「うむ、それで」

「大事に到る前に動きを封じましたが、今のままでは家中を治めることは難しゅうございます」

「そちには苦労をかける。少しやせたようではないか」

「苦労とは思うておりませんが、ひとつお願いがございます」

純忠は横瀬浦の開港問題について語り、大村家の一門や重臣を説得するためにも、有馬家と協同で事を進めたいと申し入れた。

「協同とはいかなることじゃ」

「それがしは洗礼を受けてクリスタンになり、横瀬浦を開港いたします。それゆえ兄上も洗礼を受け、口之津《くちのつ》を開港していただきたいのです」

「なるほど。そういうことか」

義貞はすぐに事情を察したが、それは難しいと頭《かぶり》を振った。

「そちも知っての通り、父上は大の南蛮人嫌いじゃ。その反対を押し切るのは難しい」

「父上の頃は明国との貿易で大きな利益を上げることができました。しかし今、その貿易を握っているのはポルトガル人です。彼らとの協力なくしては、領国を保つことはできません」

純忠はイエズス会と交わした開港についての覚え書きを示し、これによって年間銀一千貫の収入が見込めると言った。

「ほう、一千貫か」

「しかも鉄砲、弾薬を優先的に買い付けることができます。万一敵に攻められたなら、船や大砲で守ってもらうことができます」

「分った。ならばそのことを父上に話してくれ。説得はわしがする」

二人は連れ立って老父有馬仙巌《せんがん》（晴純）の御殿を訪ねた。

仙巌は八十歳。すでに得度《とくど》を受けて出家しているほど熱心な仏教徒だが、有馬家を一代で肥前最大の戦国大名に育て上げた辣腕家《らつわんか》である。

時代の流れを見る眼は鋭く、二人の提案を異議なく許してくれた。

しかも純忠の手を取り、

「勝童丸《しょうどうまる》、大村で惨《むご》い目にあっているようじゃの」

老いの目に涙を浮かべてねぎらった。

仙巌には純忠が、養子に出した幼い頃のままに見えるようだった。

純忠は翌日の夕方には久原城にもどった。

案の定、大村良純や針尾伊賀守らが反乱に踏み切る気配はない。

良純に同意していると記されていた一門衆や重臣たちの半数ちかくが久原城に駆け付け、残りは自邸の門を固く閉ざして様子をうかがっていた。

「殿、すでに千五百の軍勢が集まっております。この勢いをもって、謀叛の輩《やから》を一気に叩き潰しますか」

城代の式部が状況を報告し、出陣の仕度はできていると気炎を吐いた。

「それはならぬ。家中で争っては、敵を利するばかりだ」

貴明派の者たちも身方に引き入れなければ、大村家の力は半減する。

それを成し遂げる策はないかと、なお数日城にとどまって様子をうかがった。

すると首謀者の大村良純が釈明《しゃくめい》の使者を送ってきた。

あの書状は家中の状況を後藤貴明に知らせたもので、謀叛の意図はなかったというのである。

「しかし軽率の謗《そし》りはまぬかれませぬ。責任をとって大殿は出家し、寺に引きこもるとおおせでございます」

それゆえお許しいただきたいと、良純の使者がひたすら頭を下げた。

これで領内は表面的には平穏を取りもどし、純忠も大村館に帰ったが、こうした対立と妥協はこれまで何度もくり返してきたことである。

争いの根を断つには武雄の後藤貴明を亡ぼすか、家中の貴明派を一掃して純忠を頂点とする体制を作り上げるしかなかった。

九月になり大村湾のまわりの山々が紅葉に彩られた頃、近衛バルトロメオが伊勢守に案内されて訪ねてきた。

「殿、今日は良いご報告があると、近衛さまがおおせでございます」

伊勢守がいささか得意気に告げた。

「ほう、何かな」

「朝廷と毛利家の話し合いがついて、石見銀山を禁裏御料所にすることが決まりましたんや。来年から身共は、朝廷の銀山支配役になります」

バルトロメオが水干の袖を両手で引き伸ばして胸を張った。

石見から積み出した銀は博多に運ばれ、検査と箱詰めを終えて横瀬浦のポルトガル人に売り渡される。

今まで平戸で行っていた取り引きを、そっくり横瀬浦に移すというのである。

「輸出される銀は年に一万貫ちかくになります。関銭を一割とされるなら、これだけで千貫の収入が大村家に転がり込んできまっせ」

「それを貴公が計らって下されるか」

純忠は我知らず敬語を使っていた。

「そうや。横瀬浦ほどいい港はないと、パードレさまたちもおおせやから何の問題もあらへん。早《はよ》う洗礼を受けて楽になりなはれ」

「有馬の兄とも相談し、洗礼と開港に応じることにしました。ついては近衛さまにひとつお願いがございます」

「何やろ」

「横瀬浦を銀の商い場とするようにという勅命を、当家に下していただきたいのでございます」

毛利元就が銀山を朝廷に献上することで他家の侵略《しんりゃく》から守ろうとしたように、横瀬浦を勅命に従って開港したことにすれば、松浦や後藤は手出しができなくなる。一門や重臣たちの反対を封じることもできる。

純忠はそう考えたのだった。

バルトロメオの動きは早かった。

勅命を得るには難しい手続きが必要だが、帝のご意志を伝える女房奉書なら用意できると知らせてきたのである。

そこで九月九日の重陽の日に一門や重臣たちを大村館に集め、勅使に扮《ふん》したバルトロメオこと近衛大納言稙光《たねみつ》卿をお迎えすることにした。

御殿の広間には僧形になった大村良純をはじめとする一門衆、針尾伊賀守ら国衆、朝長伊勢守以下の重臣たち四十人ばかりが烏帽子《えぼし》、大紋《だいもん》という改まった装束で整然と並んでいる。

妻吉野と四人の子供たちも、純忠のかたわらに神妙に控えていた。

吉野は仏教に心を寄せているので、純忠が宣教師たちと接近するのを嫌っている。同席させることでそうした対立が解消したと、列席した者たちに思わせようとしたのだった。

「本日は禁裏御料石見銀山支配役となられた近衛大納言さまが、勅使としてお越し下された。皆の者、心してお迎えせよ」

純忠が凜《りん》とした声で告げると、黒の束帯に身を包んだバルトロメオが下襲《したがさね》の裾《きょ》を引きずりながら上段の間に入ってきた。

威厳と気品にあふれた振舞いで、純忠でさえ目を見張ったほどである。

近衛稙家の庶子で大納言だという話が本当かどうか疑わしいと思っていたが、この姿を見て懸念は吹き飛んでいた。

「皆々さま、主上のご内意をお伝え申し上げます。頭《こうべ》を垂れ、慎しんでご拝命なされて下さりませ」

バルトロメオは恭《うやうや》しく女房奉書を取り出し、厳《おごそ》かな声で読み上げた。

その内容はおよそ以下の通りである。

「このたび石見銀山が、毛利元就からの寄進によって禁裏御料所となった。ここで産出する銀《しろがね》はまさに国の宝である。

しかしこの宝も異国と交易し、大御宝《おおみたから》（国民）の暮らしを豊かにするものでなければ値打ちがない。そこで帝は、異国と交易して銀の売り買いを盛んにするために、肥前国横瀬浦の港を開くべきだとご叡慮《えいりよ》遊ばされている。

肥前大村家は逆賊藤原純友《ぎやくぞくふじわらのすみとも》の末なれど、純友の孫の直純《なおずみ》の代に赦《ゆる》しを得て、藤津、彼杵、高来《たかき》の三郡をたまわっている。

その朝恩の厚きことと、大村家が御恩に報いるために三郡を良く治めて今日に到っていることは、天下に隠《かく》れなき事実である。

主上もそのことをご存じで、今後も朝命に従い忠義の実を尽くすようお望みなので、お伝えする次第である。

かしこまって承わるように、よろしくお願い申し上げる」

朝廷独特の言い回しが多く、純忠にも解らないところが何ヵ所かあった。

だがおおまかな意味は分るし、帝が大村家の来歴をご存じだという件《くだり》には胸を衝《つ》かれた。

それは一門や重臣たちも同じで、静かに頭を垂れ、感無量の面持ちで聞き入っている。中には嬉し泣きに肩を震わせ、涙を流している者もいるほどだった。

永禄六年（一五六三）の年が明けた。

桜の時期も終わった四月十九日、純忠は新助らを従えて横瀬浦を訪ねた。

今年になって三度目の訪問だが、港の発展ぶりには目を見張るばかりだった。港の入口の八ノ子島には高さ四間（約七・三メートル）ばかりの巨大な十字架が建てられ、信仰の厚さを誇示するとともに、外海から港に入る船の目印にもなっていた。

南に切れ込んだ入江を入ると、右手に小高い丘がある。丘のふもとには小川が流れ、河口に船着き場がある。そのまわりに真新しい民家が建ち並んでいた。

教会や宣教師たちの住居は、丘の上の港をのぞむ位置に建てられ、教会の尖塔にも十字架が高々とかかげられていた。

一月に来た時はようやく教会が建ったばかりで、村には漁民の家が二十軒ばかりしかなかった。

ところが三ヵ月の間に、平戸や豊後府内からクリスタンや貿易商人が移り住み、今や三百軒をこえる家がひしめいている。

港のまわりだけでは土地が足りないので、丘の向かいにある小山を切り開き、道を作り地ならしをしてあっという間にひとつの村を作り上げていた。

純忠は新助ら五人の近習を従え、丘の上の真新しい教会を訪ねた。

間口は五・五ブラサ（十二・一メートル）、奥行きは九ブラサ（十九・八メートル）の堂々たるもので、白木の扉を開けると中は礼拝堂になっていた。

「大村さま、ようこそお越しくださいました」

アルメイダが出迎え、主祭壇に立つトルレス神父のもとに案内した。

神父はフランシスコ・ザビエルとともに来日して以来十四年間、さまざまの苦難や迫害に打ち克って布教をつづけてきた。

その苦労のために年老いた体はやせ細り、背中は前かがみに曲がっていた。

純忠は横瀬浦を訪ねるたびに何日にもわたってトルレス神父の説教を聞き、キリスト教への理解を深めてきた。

そして神父の質問にもとどこおりなく答えられるようになり、明日洗礼を受けることを許されたのである。

「大村さま、あなたの誠意ある努力に敬意を表します」

トルレスが慈愛の目を向け、胸の前で十字を切った。

「私はこれまで多くの日本人に教えを授けてきましたが、あなたのように熱心で優れた教え子に会ったことはありません」

「ありがとうございます。これも神父《パードレ》さまのお導《みちび》きのお陰です」

純忠は信仰に打たれて入信を決めたのではない。しかし洗礼を受けるからには、教義だけでも完璧に理解しようと努力をつづけてきた。

その甲斐あって、主禱文《パーテル・ノステル》をラテン語で諳《そら》んじられるほどになっていた。

「洗礼を授ける際には、洗礼親を定め洗礼名を決めなければなりません。私がその役を務めようと思いますが」

トルレスが申し出た。

日本布教長である彼が洗礼親になってくれるとは、この上なく名誉なことである。

布教組織の中での地位も高いものになるが、純忠はそれには及ばないと断わった。

「そのような栄誉を受ける資格は、今の私にはありません。一粒の麦として神の教えに従うつもりですから、近衛さまに洗礼親をつとめていただき、洗礼名も同じバルトロメオにしていただきとう存じます」

「何という謙虚なお方だ。あなたのように低く垂れた頭にこそ、神の恵みは宿るのです」

トルレスは感激して再び十字を切ったが、純忠には別の思惑《おもわく》があったのだった。

夕方まで説教を受けた純忠は、丘の南のはずれにある大村館に泊まることにした。

ここに三十数人の家臣が常駐し、船番所を設置して港に入る船の管理にあたっている。

交易に従事する船から津料と関銭を徴収し、津料をイエズス会に引き渡していた。

館の一角には純忠が泊まるための洋風の御殿も築かれている。

中庭の池に面した部屋で、純忠はアルメイダから贈られた葡萄酒《ぶどうしゅ》を飲み、オリーブの実の塩漬けを食べた。

ガラスの器にそそいだ赤い酒が、行灯《あんどん》の火に照らされて揺れている。軽い酔いに昼間の緊張がほぐれ、体の中で何かがうごめき始めていた。

「いよいよ明日でございますね」

新助が一人で給仕を務めている。明日は一緒に洗礼を受けることになっていて、ドン・ルイスという洗礼名も決っていた。

「それほど嬉しいか。受洗式が」

「はい。新しく生まれ変わるような心地でございます」

「そちは教えのどこに惹かれておる」

「命ある時も命失せてからも、デウスと共にあることでございます」

「ほう、さようか」

「殿はどんなところでございますか」

「わしか……、わしは神の子イエズスが、すべての人間の罪をあがなうために磔《はりつけ》にかけられたところだ」

それは諧謔《かいぎゃく》ではない。純忠は時々、六歳で大村家に養子に出された自分こそ、時代の十字架にかけられたのだと思うことがあった。

「トルレスさまのお申し出を断わられたのも、イエズスの生き方に倣うためでございますか」

「あれか。あれはな」

宣教師などより近衛家や朝廷との縁を深めていた方が、先々何かと都合が良かろうと思ったからだが、無邪気に信仰に没入している新助の顔を見ると、そうは言えなくなった。

かわりに葡萄酒を飲み干し、新助の手をつかんで抱き寄せた。

「そ、それればかりは、お許し下されませ」

新助は身をすくめて抗《あらが》った。

宣教師たちは衆道を忌み嫌っている。ザビエルは「豚よりも穢《けが》らわしく、犬などの畜生にも劣る」と批判しているほどだ。

「それゆえ今夜が最後じゃ。受洗の前なら戒律を破ったことにはならぬ。夜伽《よとぎ》をせよ」

「お許し下されませ。デウスはすべてを見ておられます」

「やかましい。そちはわしよりデウスの方が大事だと申すか」

純忠は狂憤に我を忘れ、新助を殴り倒した。

そうして閨《ねや》に引きずり込み、着物をはぎ取って後ろから貫いた。

「あーっ、お許しを」

新助は尻をすぼめ、両手を大きく広げて逃れようとした。

純忠にはその姿が十字架のように見え、憤激をいっそうつのらせてのしかかった。

四

翌朝、純忠は家臣二十五名とともに洗礼を受けた。

家臣の中には新助や伊勢守、宮原式部、長崎を預かる長崎甚左衛門純景《ながさきじんざえもんすみかげ》らもいた。

全員横瀬浦の海に入って身を清め、トルレス神父から聖水をそそいでもらい、教会で主禱文をささげて神の子として生きることを誓った。

祭壇には聖寵《ガラサ》の聖母像がかかげてある。

マリアがイエス・キリストを身籠《みごも》った時の様子を現わしたものだ。

その慈愛に満ちた姿を見ていると、新助が言ったように神の子として新しく生まれ変わったようで、純忠も神妙に頭を垂れていた。

洗礼名は希望通りドン・バルトロメオになった。

我が国初のキリシタン大名の誕生である。

その日は教会で聖餐《せいさん》の儀式に参列し、翌日に意気揚々《いきようよう》と大村館にもどった。

一緒に受洗した二十五名は、有馬から従ってきた譜代の家臣ばかりである。

これまでも純忠の股肱《ここう》の臣として重きをなしてきたが、これからは同じ信仰で結ばれた者として、いっそう強く結束するようになった。

このために家中の貴明派や神仏を奉じてきた者たちは、洗礼を受けて純忠に従うか、大村家を出て後藤貴明や松浦隆信を頼るかの選択を迫られることになった。

それから半月ほどして、有馬義貞からの使者が来た。

義貞も洗礼を受けてドン・アンドレスを名乗り、口之津の港を開港することにしたという。

豪傑肌《ごうけつはだ》の義貞は洗礼名に安天烈の字を当て、その字とイエズス会の紋章《もんしょう》を刻《きざ》んだ朱印を用いていた。

「殿はこの機に武雄の後藤貴明を討つべく、二千五百の兵を出陣させるとおおせでございます」

義貞の使者がそう告げ、大村からも一千の兵を出すように迫った。

「承知した。して、出陣の日時は」

「五月十日に海陸両路で鹿島に向かうと」

「ならば我らは陸路で武雄に向かう。遅れは取らぬゆえ安心して下されと、兄上に伝えてくれ」

純忠はさっそく伊勢守や式部に出陣の仕度を命じた。

クリスタンとして異教徒を打ち破る聖戦と位置付け、全軍に花十字架《クルス》の旗をかかげるように命じた。

「しかし殿、それでは一門衆や重臣たちの反発を招くと存じますが」

伊勢守が慎重な対応を求めた。

「構わぬ。面従腹背の者共を追い出す良い機会じゃ。花クルスの旗をかかげぬ者は参陣には及ばぬと伝えよ」

純忠の強気には訳がある。出陣の際には最新式の鉄砲二百挺、弾薬二万発分を届ける約束を、洗礼の日にトルレス神父と交わしたのだった。

五月十日、純忠は出陣にあたって、城下の寺から集めた仏像を焼き払うことにした。

大村館の前の広場には、大日如来や釈迦如来、薬師如来や阿弥陀如来など、大小さまざまの木像が山と積まれ、まわりを花クルスの旗をかかげた一千の精兵が取り巻いていた。

その外側には領民数千人が集まり、無言のまま成り行きを見つめている。

洗礼を受けてクリスタンになった者は純忠の壮挙《そうきょ》を歓迎しているし、仏教を信じている者はあまりの愚行に眉をひそめている。

その他の大多数は物珍らしさで集まった野次馬で、数百年来有難がられてきた仏像が、薪《まき》と同じように横倒しにして積まれている光景を、奇異の目でながめていた。

「新助、そちが皆に主旨を伝え、火を放て」

純忠が花を持たせたのは、洗礼前夜の狼藉《ろうぜき》を内心すまなく思っているからだった。

「承知いたしました」

黒革おどしの鎧《よろい》を着て緋色の陣羽織をつけた新助が、燃え盛る松明《たいまつ》を右手に持って仏の山の前に進み出た。

「神仏の教えは、民をあざむくためのまやかしである。我らを造りたもうたデウスは、そうした邪宗を信じることも、偶像を崇拝することも禁じておられる。よって聖なる出陣の前に、仏像を焼き払って神への忠誠の証といたす」

新助がまさに火を放とうとした時、打掛けを着た吉野が駆け込んできた。

「殿、おやめ下さい。このようなことをなされては、神仏の罰が当たりまする」

髪をふり乱し半狂乱になって純忠に取りすがった。

「そのようなことはない。それを証明するために焼き払うのだ」

「わたくしは身籠っております。殿がこんなことをなされては、どんな祟《たた》りがあるか分らぬと、空恐ろしいのでございます」

「祟りなどまやかしだと言ったはずだ。黙って見ておくが良い」

純忠が合図を送ると、新助がおごそかな顔をして松明をふり上げ、皆の注目を引き付けてから火を放った。

火は仏の山のまわりを渦を巻いて頂きまで走り、一気に炎を噴き上げた。

配下の軍勢も集まった群衆も、神の怒りが一瞬で偶像を焼き尽くしたと見て歓声《かんせい》を上げたが、これは火薬をまぶした藁《わら》の束を渦状に置いたために起こったことである。

純忠はそうした仕掛けで、家臣、領民にキリスト教への入信をうながしたのだった。

武雄領に侵攻した大村・有馬連合軍三千五百は、破竹の勢いで進撃をつづけた。五月中旬には後藤家の諸城を攻め落とし、下旬には貴明の居城である塚崎城（武雄市武雄町）を包囲した。

鎌倉時代の初めからこの地を治めてきた後藤氏は、主従二千余を集めて抵抗したが、六月中旬の雨の夜に城を捨て、佐賀の龍造寺隆信を頼って落ち延びていった。

大村・有馬勢はすぐさま追走し、龍造寺との国境の小城郡丹坂峠《にさか》（小城市小城町）に布陣し、武雄領への侵入を許さない構えを取った。

この快進撃には理由がある。

戦のさなかの六月十六日、ドン・ペドロが司令官《カピタン》をつとめるポルトガルの定期船が、インドのゴアから横瀬浦に着いた。

この船にはイエズス会の第四次宣教団が乗っていて、後に『日本史』の著者として知られるルイス・フロイスも一行に加わっていた。

それ以上に重要なことは、最新式のマスケット銃（火縄銃）五百挺と大量の弾薬を積み込んでいたことである。

これは日本で売りさばくためのものだが、トルレス神父は入信した純忠を助けるために、五十挺の新型銃と弾薬をアルメイダに託し、塚崎城攻めの陣中まで届けさせた。

従来の二倍の射程がある新型銃の威力は凄まじく、とても太刀打ちできないと見た後藤勢は、火縄銃が使えない雨の夜に城を捨てて脱出したのである。

六月二十五日、純忠は二百ばかりの手勢をひきいてひとまず大村館にもどった。

大村に教会を建てて大々的に布教に乗り出すと、トルレス神父と約束している。その指揮をとり、普請《ふしん》にかからなければならなかった。

翌日の朝、新助が大村良純からの書状を届けた。

「お願いの儀があり、一門衆や重臣たちと共にお目にかかりたい」

老人らしい大きな文字でそう記されていた。

「願いの儀とは？」

「入信についてだそうでございます」

「日時は？」

「なるべく早くと」

「ならば午後にも会うと伝えよ」

未《ひつじ》の刻（午後二時）過ぎに、僧形の良純を先頭に一門衆と重臣たちが広間に入ってきた。

驚いたことに、妻の吉野と侍女も一番後ろに従っていた。

良純は義父純前の兄で、還暦をすぎて久しい。弟の純前に家督を譲らざるを得なかったほど凡庸《ぼんよう》な男だけに、まわりの意見に左右されてこれまで何度も謀叛への加担と恭順をくり返してきた。

ひと思いに追放なり処罰をすれば良かったのだが、這いつくばるようにして詫《わ》びを入れられると、養父の兄なので非情になりきれなかったのだった。

「純忠どの、今度という今度は貴殿の方が正しいと、我らも骨身にしみて分り申した」

良純が兜《かぶと》を脱いだのは、後ろ楯と頼んでいた貴明が武雄から追放されたからだった。

「そこで我ら八名、家臣共々洗礼を受けさせていただきたい。これは吉野どのもご同意でござる」

「吉野、まことか」

「はい。祟りなどと申し上げたわたくしが愚かでございました」

吉野が消え入りたげに頭を下げた。

「本来なら横瀬浦におもむくべきでしょうが、何しろ三百人ちかい人数でござる。戦の最中に城を空けるのもいかがかと存じまするゆえ」

司祭に大村に来てもらい、この館を仮の教会として洗礼を授けてもらいたい。良純が深々と平伏して頼んだ。

他の七人と吉野もそれに倣い、そろって頭を下げた。

「わしは出陣にあたって仏像を焼いた。それにも同意か」

「むろんでございます。間違った教えは毀釈《きしやく》されなければなりません」

「ならば覚悟のほどを見せてもらおう」

「と、おおせられると」

「寺にある養父の木像を、盆の供養の日に家臣、領民の前で焼いてもらう。デウスは偶像を拝することを禁じておられるでな」

お盆の中日、仏像を焼いたのと同じ広場に大村純前の木像が引き出された。

高さは三尺（約九十センチ）ばかりで、厨子《ずし》に納められて菩提寺の本堂に祀《まつ》られていたものである。

横倒しにした厨子の上に木像を置き、まわりに枯れ枝や薪が積み上げてある。枯れ枝の間には、前回と同じように火薬をまぶした藁の束が仕込んであった。

広場のまわりや路上には一万人ちかくの家臣や領民が集まっている。

デウスのご加護に感謝するために、純忠が皆に食物を振舞うことにしたからだった。

「それでは皆さま方、これよりご一門衆と重職の方々が、仏道を捨てデウスに従う証として、大村純前公の木像に火をかけられます」

新助が声変わりを終えた割れた声で告げた。

すると宣教師のような黒い長衣に身を包んだ良純以下八人が、松明を手に木像の周りを取り囲んだ。

「純前公はじめご先祖の御霊《みたま》に申し上げる。我らは今日より仏道の悪しき教えに決別し、デウスの教えに従いまする」

良純がどこか芝居がかった口調で天に向かって呼びかけ、他の七人に合図していっせいに松明を投げた。

火は爆発したような勢いで燃え上がり、巨大な炎が木像を包んだ。

真っ赤な炎は折からの海風に吹かれて右へ左へ揺れ動き、まるで不動明王が背負《せ》う紅蓮《ぐれん》の炎のようだった。

これには群衆は大喜びである。ほとんどの者が火薬のことなど知らないので、これもデウスのお力だと信じ込んでいた。

「ドン・ルイス、そちはこれから横瀬浦に行き、トルレス神父さまか他のパードレを大村にご案内せよ。皆に洗礼をさずけてもらうのだ」

純忠はようやく大村家を押さえ切った喜びを嚙みしめながら、新助にそう申し付けた。

神父たちが来るのは明日の午後になるはずである。それまでにこれまで学んだことをお浚《さら》いしておこうと、純忠は文机《ふづくえ》に向かった。

宣教師たちが布教のために日本語で書いた教義書と、聖書の訳文、これまでの教えを記録した書状を丹念に読み返し、家臣たちから何を聞かれても答えられるようにしておきたかった。

驚いたことに、そうした教えがすんなりと頭の内でよみがえる。

形だけでもと思って学んでいたが、いつの間にか純忠の血肉と化しているのだった。

「殿、城下に不穏の気配があります」

夕方になって、朝長伊勢守が告げた。

一門衆や重臣たちの屋敷に、あわただしく人が出入りしているという。

「まさか、謀叛か」

「純前公の木像を焼いたのは、我らをあざむくためだったのかもしれません」

「馬鹿な。それでは……」

吉野も計略に加わっているということである。そんなことはありえないと思いたかったが、迷っている場合ではなかった。

純忠は夜になるのを待ち、忍び駕籠に乗って久原城に移った。

表門では宮原式部が戦仕度で待ち受けていた。

伊勢守から知らせを受けてのことだが、配下の大半は出陣先の武雄に残してきているので、五十人くらいしかいなかった。

「殿、ご安心下され。誰が攻めて来ようと、この槍で血祭りに上げてご覧に入れましょう」

式部は朱槍の石突を地面に突き立てて胸を張った。

異変は翌朝未明に起こった。

大村館を取り巻いた軍勢が、鉄砲のつるべ撃ちを合図に四方から大村館に攻めかかった。

その数は一千余。一門衆や重臣ばかりか、針尾伊賀守を筆頭とする国衆も加わっている。

後藤貴明や松浦隆信らが背後で動いていることは明らかだった。

「出陣の隙を突かれたのでござる。大村館に殿がおられぬと知れば、奴らはやがてこの城に攻め寄せて参りましょう」

その前に脱出するように伊勢守が進言した。

「殿、多良岳《たらだけ》に向かいましょう。あそこの寺なら敵も手出しができませぬ」

式部はすでに出発の仕度をととのえていた。

大村館からは火の手が上がっている。

純忠がいないことを知った敵は、略奪と狼藉をはたらいた上で火を放ったのである。

「その方らは影武者を立てて多良岳に向かえ。その間にわしは海に逃れる」

大村湾を渡って対岸の時津《とぎつ》に行けば、長崎甚左衛門の所領である。険しい山道を行くより安全なはずだった。

純忠は二人の近習を従え、六人の水夫が漕ぐ小早船に乗って舟入りから脱出した。まだ薄暗い海の上を、船は人が走るほどの速さで時津に向かっていく。

誰もが無言で、艪《ろ》を漕ぐ音だけが大きく聞こえていた。

湾の中ほどにさしかかった時、南の二見瀬鼻から三艘の船が漕ぎ出してきた。どうやら敵はこうした場合に備え、水軍を配して見張りに当たっていたようだった。

「北へ向かえ。力の限り漕いで敵をふり払え」

純忠はそう命じたが、敵の船は十丁艪である。

徐々に距離を詰められ、鎧を着込んだ敵の顔が見えるようになった。

このままでは追いつかれる。

敵は三艘。しかも戦仕度をした水軍なのだから、とても勝ち目はない。

どうか助けてくれと天を仰《あお》いだ時、前方から二艘の屋根付き船が現われた。はさみ撃ちかと観念したが、良く見ると舳先に立った水干姿の男は近衛バルトロメオだった。

しかも従者から長鉄砲を受け取り、ぶれのない端正な姿勢で追ってくる船を狙い撃った。

距離は二町（約二百二十メートル）ほどもある。

だが新型銃の威力は凄まじく、先頭の船の組頭らしい男の胴を撃ち抜いた。

バルトロメオは弾込めをした銃を受け取り、二発目、三発目を放つ。正確無比の腕前で敵を撃ち倒していく。

もう一艘の船からも、銃を持った兵たちが射撃を始めた。

これには銃を持たない敵は太刀打ちできない。弓で反撃しても射程距離の外から鉄砲を撃たれるのだから手も足も出ないのである。

そうと分ると三艘は船を返し、大急ぎで二見瀬鼻に向かって逃げていった。

「大村さま、大事あらへんか」

バルトロメオが船を寄せてたずねた。

「近衛さま、ご助勢かたじけのうございます」

「昨夜、ドン・ルイスが伊賀守の手勢に針尾瀬戸で殺された。大村にもどろうとして待ち伏せされたんや」

「新助が、殺された」

「幸いパードレさまは、ご病気のために大村行きを延期されたんで難を逃れられたが、これは計画的な反乱や。そう思てな」

純忠を助けるために、鉄砲隊をひきいてやって来たという。

「こっちの船に乗りなはれ。外から見えんさかい安全や」

純忠は言われるままに乗り移った。

助かった安堵《あんど》と新助が死んだ衝撃に、心は激しく揺れ動いていた。

「しばらくポルトガル船に匿《かく》うてもろたらええ。大村領は奪い取られたようやが、大村さまにはデウスのご加護がある。すぐに敵を追い払うことができるやろ」

「大村さまと呼ばれては、恐れ多さに身が縮みます。どうか純忠とお呼び下されませ」

「石見銀山に行っとったさかい立ち会えんかったが、身共を洗礼親として洗礼を受け、バルトロメオと名乗ることにしたそうやな」

「勝手をして申し訳ございません。トルレス神父もお許し下されたので」

「構わへん。気持はよう分ったよって、バルトロメオの名は純忠にやる。堂々と名乗ったらええ」

「それでは近衛さまは」

司祭にでもなるのではないか。純忠はそう思った。

「身共はもう卒業や。クリスタンをやめて近衛大納言にもどる」

「何ゆえ、でございましょうか」

「大きな声では言えへんけどな。洗礼を受けたんは南蛮人と仲良うして、銀山支配役になるためや。それを成し遂げたし、ポルトガル人との仲介役はそちと有馬がつとめてくれる。何の心配もあらへん」

「それでは、これからは」

「朝廷にもどって役職につく。身共にはデゥスの教えより大切にせなならんもんがあるんや」

「そのように簡単に役職につけるのでございますか」

「石見銀山支配役の力は絶大や。さすがに帝にはなれへんけど、公家どもの古ぼけた頭を銀ののべ棒でどつき回せば、関白や太政大臣なら何とでもなる。まあ見ときなはれ」

この男の言うことは本当か嘘か、本気か冗談か分らない。

それでもこうして危険をかえりみずに助けに来てくれたのだから、その力量には敬服するしかなかった。

やがて針尾瀬戸を抜けて佐世保湾に入った。

ちょうど干潮の時間で、海水が狭い瀬戸を川のように流れていく。

岸近くで渦を巻いているところもあって、巻き込まれたなら命はないが、船頭は楽々と舵を操って難所を抜けていった。

船が針尾城の下を通り過ぎた時、背後から朝日が昇った。

その光に照らされて行く手の海に真っ直ぐな金色の線が描かれた。

しかもどうした訳か、それと直角にもう一本の光の筋が現われた。

純忠は舳先に駆け出し、佐世保湾一杯に描かれた金色の十字架をながめた。

（新助か……、お前だな）

ここで殺されたドン・ルイスが、デウスの教えが正しいと伝えるために奇跡を見せくれている。

純忠は感動に体を震わせながら胸の前で十字を切った。

するとこれまで感じたことのない力が腹の底からわき上がり、目の前に広がる世界が新しい意味をもって立ち現われたのだった。

この二ヵ月後、純忠は有馬義貞とイエズス会の協力を得て大村領を回復したが、横瀬浦は針尾伊賀守らの襲撃によって徹底的に破壊された。

そこで元亀元年（一五七〇）、長崎甚左衛門が治める長崎を開港することにし、新たに貿易と布教の拠点とした。

長崎が国際貿易港として発展を始めるのは、この時からである。

乱世の海峡

宗像氏貞

一

火の手は拝殿から上がった。

敵が放った十数本の火矢が柿葺《こけらぶ》きの屋根や板壁に突き立ち、南からの風にあおられて燃え広がっていく。

鎌倉時代に建て替えられて以来、三百年近く人々の敬崇を集めてきた宗像《むなかた》神社の拝殿が、またたく間に紅蓮《ぐれん》の炎に包まれて巨大な火柱となった。

炎はまるで意志あるもののように右に左に揺れ動き、時には地を這《は》い、時には天空に駆け上がって、拝殿の北側にある本殿に燃え移っていく。

敵はそれでも飽き足りないのか、本殿の大屋根に向かってさらに十数本の火矢を放った。

豊後の大友宗麟《おおともそうりん》（義鎮《よししげ》）の支援を得て挙兵した者たちの仕業だった。

宗像氏貞《うじさだ》らが異変に気付いて駆けつけた時には、火はすでに本殿の大屋根をおおいつくしていた。

航海の神である市杵島姫神《いちきしまひめのかみ》をまつる本殿が、煙と炎に包まれて断末魔の叫びを上げている。

氏貞は馬から飛び下り、境内に駆け込もうとした。火を消さなければ、御神宝を持ち出さなければ、その一心だった。

「殿、おやめ下され」

近習の占部《うらべ》蔵人《くらんど》が後ろから抱き止めた。

「放せ、火を消し止めなければ」

「今からでは無理でござる。死ににいくようなものじゃ」

「それでも良い。姫神が泣いておられるではないか」

十三歳の氏貞は、蔵人の肩までの背丈しかない。後ろから抱きすくめられると身動き出来なかったが、それでも腕をふりほどこうと必死にもがいた。

何もできないのなら、せめてこの身を火中に投じて、神々に詫《わ》びたかった。

「燃えているのは社殿でござる、神を敬う心さえあれば、いつの日か必ず再建することができましょう」

そう言いながら蔵人も泣いている。泣きながら決して行かせまいと腕に力を込めていた。

すると炎の後ろから、口々に囃《はや》し立てる声が上がった。

「神々など、この世にあるものか。下々を従わせるために作り上げたこけおどしじゃ」

「そうじゃ、そうじゃ。海の神なら火に焼かれるはずがあるまい」

「神はデウスさましかおられぬ。思い知ったか、宗像の田舎者どもが」

声高に叫び、嘲《あざけ》りの笑い声を上げる。

大友勢の中には南蛮から伝わった耶蘇《やそ》教を信じる者も多く、神社や仏閣を破壊することに何の畏《おそ》れも感じないのだった。

「ちがう。お前たちは何も分っていない」

氏貞は大声で叫び――、
自分の声に驚いて目を覚ました。

びっしょりと寝汗をかき、白小袖も夜具も湿っている。

（夢か……）

氏貞は上体を起こし、首筋に手を当ててみた。

汗が掌にべっとりとからみ、気味が悪いほどだった。

すべてが夢なら、どれほどいいだろう。だが宗像神社は一月前、神領に乱入した大友勢によって焼き払われている。弘治三年（一五五七）四月二十四日のことだ。

そして太古の昔から宗像神社に大宮司《だいぐうじ》として仕え、広大な神領を守ってきた宗像家も、大友宗麟に服従するように迫られているのだった。

元服したばかりの氏貞には、この窮地をどうやって乗り切ったらいいか分らない。ただ重圧ばかりがひしひしと迫って、こうした悪夢にうなされることも多いのだった。

「鍋寿《なべじゅ》や、呼びましたか」

母親の富久《ふく》が断わりもなく襖を開けた。

まだ三十になったばかりで、白小袖を着た体からは妖艶《ようえん》な香りがただよっていた。

「何でもありません。ちょっと寝言を言ったようです」

「まあ、ひどい汗。うなされていたのですね」

富久は汗の匂いを鋭く嗅ぎ付け、すぐに着替えを運んできた。

氏貞が生まれた翌々年に夫正氏《まさうじ》を亡くした富久は、氏貞を立派な後継ぎに育てることに心血を注いでいる。咳をしただけで飛んで来るほどの気の使いようだった。

「さあ、立って。これでは下帯まで替えなければなりますまい」

「自分でやります。あっちへ行って下さい」

氏貞は必要以上に険しい物言いをした。

近頃、股間の一物が朝立ちする。それを見られるのが恥ずかしかった。

「そうですか。今日は巳の刻（午前十時）から評定があります。早目に仕度をしておいて下さい」

「分りました。母上もそれがしを幼名で呼ぶのは、そろそろやめて下さいね」

氏貞は邪険《じゃけん》にしたことを打ち消そうと優しい声音を使った。

鍋寿丸とは元服するまで使っていた名前だった。

宗像氏の居城は白山（標高三百十九メートル）の山頂部にある。

ここは敵に攻められた場合に立てこもる詰めの城で、平時は山のふもとの山田にある屋敷で暮らしていた。

宗像氏は他にも許斐岳城《このみだけ》、草崎城《くさざき》、宮地岳城《みやじだけ》など、宗像十四ヵ城と呼ばれる山城を持ち、現在の宗像市から鞍手郡《くらて》、遠賀郡《おんが》にかけての広大な所領を治めていた。

また神湊《こうのみなと》や勝浦など、玄界灘《げんかいなだ》に面した良港を持ち、古くからその名を知られた宗像水軍を擁している。水軍は交易や運送にも力を発揮し、宗像家の経済を支えていた。

富久が告げた通り、評定は巳の刻から山田屋敷の大広間で行なわれた。

集まったのは家老の占部甲斐守尚安《かいのかみひさやす》を筆頭に、寺内秀郷《てらうちひでさと》、温井隆重《ぬくいたかしげ》、河津隆家《かわづたかいえ》ら十数人だった。

氏貞は富久と連れ立って上段の間に入った。

八歳の時に家督をついで以来、常に富久が後見役として付き従い、落度がないように目を光らせている。

それは元服してからも変わらなかった。

「方々もお聞き及びと存ずるが、豊後の大友より服属するか否かの返答を迫られており申す」

家老の甲斐守が評定の進行役をつとめた。

「返答の期限はあと十日。これにどう対応するか、方々の存念を聞かせていただきたい」

「大友は豊後、肥後、筑後の三ヵ国を持ち、すでに豊前、筑前の大半を支配しております。動員できる兵力はおよそ八万。これ以上戦っても勝てる相手ではございませぬ」

飯盛山《いいもりやま》城を預かる寺内秀郷が、今は大友に従うしかないと主張した。

飯盛山は宗像領の一番南にあり、博多港を手に入れた大友氏の所領と境いを接しているので、その圧力に日々さらされていた。

「されど大友の筑前、豊前支配は磐石《ばんじゃく》ではござらん。杉《すぎ》どのを始め秋月《あきづき》、筑紫《つくし》、龍造寺など、毛利どのの支援を得て大友に立ち向かおうとしておられる方々は大勢おられます」

そうした者たちと力を合わせ、宗像の独立を守り抜くべきだと、三吉城を預かる温井隆重が異をとなえた。

こちらは響灘《ひびきなだ》に面する港を持ち、周防、長門との交易が盛んなので、両国を支配下におさめた毛利家の側に付きたがっていた。

氏貞はそうした議論を聞きながら、遠い話のように感じていた。

事の動きがあまりにめまぐるしいので、現実とは思えない。温かい夜具にくるまって眠っていたのに、いきなり叩き起こされて寒空の下にほうり出された気分だった。

事の発端は六年前、西国《さいごく》一の大守と呼ばれた大内義隆《おおうちよしたか》が、重臣の陶隆房《すえたかふさ》に攻められて長門の大寧寺で自刃したことである。

隆房は大内家を支配する大義名分を得るために、義隆の甥にあたる大友晴英《はるひで》（宗麟の弟）を迎え、大内義長《よしなが》と名を変えて家を継がせた。

ところが二年前、隆房（この頃の名は晴賢《はるかた》）は厳島の戦いで毛利元就に敗れて自刃した。

この争乱の間に、大友宗麟は豊前、筑前に兵を進め、旧大内家の国人衆を服属させようとした。

宗像領が大友勢に襲われ、宗像神社が焼き払われたのもそのためだった。

「それがしも温井どのに同意でござる」

おもむろに声を上げたのは河津隆家である。

まだ二十五歳の若さだが、長年大内家から特別に扱われてきた名家で、宗像家に従うようになったのは最近のことだった。

「その理由はいかに」

甲斐守がたずねた。

「先に宗像家で騒動が起こった時、宗像鎮氏《しげうじ》どのが豊後に亡命なされました。その鎮氏どのを、大友家は保護しております。もし大友に服属すれば、氏貞さまに代えて鎮氏どのを当主にするよう求めてくるに相異ありませぬ」

「しかし、大友勢は八万でござるぞ。我らは二千の兵を集めるのがやっとでござる」

とても勝ち目はないと、寺内秀郷が悲鳴のような声をあげた。

大友に従うか、毛利に来援を求めるか。それぞれ立場に応じ利害にからんだ意見が出て、口角泡を飛ばす議論になったが、結論はなかなか得られなかった。

「殿、この儀いかがでござろうか」

甲斐守が決定を氏貞にゆだねた。

「双方の意見はもっともじゃ。当家は代々大内家と好《よしみ》を結び、海の交易に従ってきた。毛利家が大内家の版図《はんと》を受け継ぐなら、これと好を結ぶのが筋である」

氏貞は事前に甲斐守に教えられたことを誤りなくそらんじた。

「ただし、今の状況では大友と戦っても勝ち目はない。それゆえしばらくは大友に従い、毛利の来援を待って兵を挙げるしかあるまい。一同、これでどうじゃ」

氏貞は宗像家の当主であるばかりでなく、宗像神社の第七十九代大宮司でもある。その権威は絶大で、誰も異をとなえる者はいなかった。

方針が決まると、ただちに寺内秀郷を大友家につかわし、服属するので宗像領内の兵を引くように求めた。

また温井隆重には三百の兵をさずけて周防に向かわせ、毛利家に従わせることにした。

これで当面の危機は乗り切ったが、氏貞の胸には言いようのない不満がくすぶっていた。

大友勢の中に宗像神社に火矢を射かけた者がいる。燃え落ちる社殿を見ながら、「神々など、この世にあるものか」と囃し立てた輩《やから》がいる。

その者たちをこのままにしておいては、神社に祀った宗像三女神《さんじょしん》に申し開きができなかった。

「誰が火矢を放ったのか突き止めて、罰を下したい。何かいい知恵はないか」

氏貞は近習の占部蔵人に胸の内を打ち明けた。

「分りました。兄たちとも相談して、何とかいたしましょう」

切れ者の蔵人は、三日後に兄の右馬助《うまのすけ》尚持《ひさもち》と河津隆家を連れてやってきた。

右馬助は蔵人より八つ上の三十三歳。戦場に出れば「鬼右馬」と呼ばれる働きをする荒武者だった。

「殿、火矢を放った者が分り申した。多賀《たが》美作守《みまさかのかみ》隆忠《たかただ》の手勢です」

蔵人が告げた。

隆忠は許斐岳城の南西にある高宮《たかみや》城の城代として大内家から派遣されていたが、大内家が亡んだ後はいち早く大友家に従った。

そして大友家への忠誠心を示そうと、宗像神社に火をかけたという。

「それは確かか」

「隆家どのが突き止められたことです。詳しいことは貴殿から」

蔵人が隆家に説明してくれとうながした。

「あの日美作守が、手勢をひきいて釣川《つりかわ》方面に押し出したことは分っておりました。そこで心当たりの者を招き、酒に酔わせて詳しいことを聞き出したのでござる」

隆家も元は大内家家臣で、隆忠と同じように大内義隆の一字をいただいている。

多賀家の者たちとも顔見知りなので、目星をつけた軽輩に酒を飲ませてしゃべらせたという。

「しかし、我らも大友家に服属を誓ったからには、美作守といさかいを起こすことは出来ませぬぞ」

「その通りでござる。隆家どののおおせの通り、表立って事を起こすことはできませぬ。そこで兄にひと肌脱いでいただくことにいたしました」

「どうするのじゃ」

氏貞は蔵人と右馬助を交互に見つめた。

二人は甲斐守尚安の長男と次男だが、兄弟とは思えないほど何もかも違っていた。

右馬助は背が低くがっちりとした体形をして、槍と弓は家中随一の腕前である。一方の蔵人はすらりと背が高く優しげな顔立ちをして、参謀役が似合う理知的な男である。

蔵人は早くに嫁をもらい三人の子に恵まれていたが、右馬助は「殿の馬前で死ぬ身に嫁はいらぬ」と言い張り、今も独身《ひとりみ》を貫いていた。

「知恵は蔵人が出し申した。殿のお許しがあれば、それがしが美作守を射殺《いころ》してご覧にいれます」

右馬助はどこか猪に似た体形と顔立ちをしていた。

「大友との争いにならぬやり方があるなら、私は許す。神々の社《やしろ》を焼き払った者を、放置しておくわけにはゆかぬ」

「ならば話は決まりでござる。ご免」

右馬助が一礼して立ちかけた時、富久が手ずからお茶を運んできた。

生絹《すずし》の着物をまとい、豊かな髪をおすべらかしにしていた。

「話は決まったのでしょう。ならば一服召し上がっていかれませ」

富久はそう言って右馬助の前に茶碗をおいた。

「これは御前さまみずから、もったいないことでござる」

右馬助はほおずきのように首まで赤くなり、抹茶を一息に飲んで走り去った。

結果は十日のうちに出た。

七月八日の朝、高宮城に近い畦町《あぜまち》の河原で多賀隆忠主従八人が、何者かに射殺されたのである。

前夜は七月七日の七夕である。

祝いの酒に酔った隆忠らは、近くの宿場の遊び女を連れ、星月夜をながめながら飲み直そうと畦町河原にくり出した。

その時、どこからともなく矢が飛んできて、八人を次々と射殺した。一矢もはずすことのない鬼神のごとき腕前で、すべて胸の急所を射抜いている。

しかもその矢羽根は宗像神社のご神木である楢《なら》の葉だったので、巷では八人には神罰が下ったのだと噂しているという。

これには大友家も文句のつけようがなく、八人は合戦によって討死したということで処理したのだった。

二

八万の大軍を動員した大友家の豊前、筑前制圧作戦は、すさまじい早さで進んでいった。

大友家の支配に反発して挙兵した大内家旧臣もいたが、弘治三年の六月から八月にかけて、次々に降伏や落城に追い込まれていった。

豊前の妙見岳城、山田城、苅田松山城

筑前の古処山《こしょさん》城、馬見城

などの要害が攻め落とされ、周辺の国人衆も風になびく草のように大友家に従った。

圧力は筑前の北西のはずれに位置する宗像にもひしひしと押し寄せ、氏貞らのような面従腹背を許さない状勢になりつつあった。

その窮状に追い打ちをかけるように、九月になってもうひとつの問題が起こった。

「殿、博多の神屋《かみや》どのが参られました」

蔵人に案内されて広間に行くと、博多の豪商神屋紹策《しょうさく》と宗像水軍の頭である安東杢兵衛《もくべえ》が待っていた。

「若殿、お久しゅうございます。お健やかで何よりでございます」

紹策は商人らしい笑みを浮かべ、色とりどりの玉を入れた透明なギヤマン瓶を差し出した。

「これは南蛮の菓子で金平糖《コンフェイト》というものでございます。どうぞ、ひとつお召し上がりくだされませ」

紹策は博多港を拠点に朝鮮や南蛮とも交易している。時折訪ねて来るたびに、海外の珍らしい品を手みやげとして持って来るのだった。

氏貞は小瓶のふたを開け、掌《てのひら》に赤い玉をひと粒落とした。

表面に小さな突起があって、色鮮やかである。口に入れると舌がしびれるような甘みと、薬草の匂いがした。

その味があまりに強烈で、氏貞は思わず掌の上に吐き出した。

「何だこれは」

「砂糖で作った菓子でございます。その小瓶ひとつで、たいそう値が張るものでございます」

そんな話をしているところに、富久と占部甲斐守が連れ立ってやって来た。

富久も赤い金平糖をひと粒つまみ、たいそうおいしいと相好をくずした。

「これは茶菓子としても使えますね。鍋寿が……、いえ、氏貞がいらないのなら、わたくしがいただきます」

「構いません。どうぞお使い下さい」

氏貞は金平糖よりギヤマンの小瓶の美しさに目を引かれた。

この小瓶に水を入れて陽の光にかざしたら、さぞ美しく輝やくだろうと思った。

「それでご用のおもむきは」

甲斐守がたずねた。

「そのことでございます。実は対馬の宗《そう》どののから、今年かぎりで鉛の取り引きを打ち切ると言われまして」

紹策が真顔になり、事情を話すように杢兵衛に目配せした。

「先月末の荷物が、今年最後の取り引きじゃったとです。そこで宗義調《よししげ》さまにお礼言上にうかがったところ、宗像との取り引きは今年で終わりにすると言われました」

杢兵衛は宗像水軍をひきいて廻船業にあたっている。その最大の荷主が博多の神屋だった。

「それがしは驚いて、義調さまに理由ばたずねました。ばってん何もおっしゃらんので、博多に取って返して神屋どのにこのことば伝えたとです」

「手前どもにとっても、鉛の取り引きを止められたら一大事でございます。そこで杢兵衛どのの船で対馬に向かい、宗義調さまに理由をたずねました。すると義調さまは、朝鮮からの仕入れが難しくなったからだとおおせられました」

しかし本当ではないと、紹策は商人の勘で察知している。だが義調から本当のことを聞き出す手立てがないので、どうしたらいいか途方にくれていた。

事は石見銀山の運営に関わる大事だった。

紹策の祖父寿禎《じゅてい》は石見の沖を航行している時、地表にむき出しになった銀鉱石が陽をあびて輝いているのを発見した。

寿禎は逸《はや》る気持をおさえ、石見の領主である大内義隆に銀の採掘権を与えてくれるように願い出た。

採掘も精錬も銀の販売も一手に引き受け、収入の半分を大内家に献上するという条件で話をつけたのである。

こうして採掘権を手に入れた寿禎は、朝鮮で行なわれていた灰吹法《はいふきほう》という新しい精錬技術を導入した。

この方法だと精錬の効率が良く、銀の純度も高くなるが、大量の鉛を必要とする。ところが国内の鉛の生産量は少ないので、大半を朝鮮からの輸入に頼らざるを得なかった。

朝鮮王朝から交易を許されているのは、対馬の宗氏だけである。

そこで寿禎は宗義調に鉛を買いつけてもらい、宗像水軍の船で石見銀山まで運ぶ方法を確立することで、銀の精錬を軌道《きどう》に乗せた。

以来三十年ちかくこの方法が守られ、神屋は莫大な利益を上げてきた。

宗氏と宗像氏も鉛の買入れと運送にあたることによって、この利益の分け前にあずかってきたのだった。

「他に何か理由があると、神屋どのはお考えなのでござるな」

甲斐守はいつも通り冷静で、打開の道がどこにあるか見出そうとした。

「尼子が手を回しているのではないかと思います」

「銀山を奪い取っただけではあきたりず、鉛の交易まで支配しようとしている、ということでしょうか」

「宗義調どのは何も語られませんでしたが、伯耆《ほうき》の船が厳原《いづはら》の港に入るのを船宿の者が見ております。間違いありますまい」

二年前に厳島の戦いに勝った毛利元就は、余勢を駆って大内氏の支配下にあった石見銀山を奪い取った。

ところがこれを不服とする尼子晴久《はるひさ》は、昨年七月に起こった石見国忍原《おしはら》の戦いで毛利勢に大勝し、石見銀山を掌中にした。

そして鉛の交易に介入し、精錬までやろうとしているのだから、神屋ばかりか鉛や銀の輸送を請け負ってきた宗像氏にとっても由々しき大事だった。


弘治四年（一五五八）の年が明けた。

この年二月には、永禄と改元される。波乱の時代の幕開けだった。

元日の早朝、氏貞は重臣たちを引きつれて宗像神社に初詣でをした。

神社の禰宜《ねぎ》が神々に祝詞《のりと》をささげ、五穀豊穣と天下泰平、家内安全を祈る神事で、例年なら初詣をかねて多くの見物客がおとずれる。

ところが社殿が焼き払われて更地《さらち》になっているので、神社の裏手にある高宮祭場で形だけの式をおこなうしかなかった。

市杵島姫神が降臨されたと伝えられる場所で、まわりは古代以来のうっそうたる森におおわれている。

無残に変わりはてた境内の中で、ここだけはいつもと同じ神《かみ》さびた静けさを保っていた。

氏貞は最前列に座り、頭《こうべ》を垂れて禰宜がささげる祝詞を聞いていた。

こうして神々の前に出ると、社殿を焼き払われたことがひときわ無念で心が痛む。申し訳なさに顔を上げることさえできなかった。

「丹精《きよきこころ》の誠《まこと》を先《さき》とし　神代《かみよ》の古風《のり》を崇敬《あがめ》　正直《まさにすなお》の根元《もともと》に帰依《かえりより》し　邪曲《よこしま》の末法《すえののり》を棄捨《すて》て……」

禰宜の祝詞はつづいている。

その言葉が熱をおびるにつれて風が起こり、祭場のまわりの木々をざわめかせる。神々が木々を依《よ》り代《しろ》として降臨される前触れだった。

氏貞はそれを感じ取る力を持っている。占部蔵人が言ったように、社殿は焼けても敬う心さえあれば、神々は降りて来て下さる。

そのご神意を感じれば感じるほど、今の自分の不甲斐なさが悔やまれるのだった。

(この暗雲を払いのけ、かならず社殿を再建いたします)

だからどうかお守り下さい。氏貞は心の中でひたすら祈った。

神事を終えると、例年なら直会《なおらい》が行なわれる。

神々にささげた供物《くもつ》のお下がりを皆で分け合い、参詣した者たちにも分け与えて盛大に酒宴をもよおしたものだが、今年はそれも中止せざるを得なかった。

神屋との取り引きが止まったため、年頭に一括《いっかつ》して納められていた契約料が入って来ない。

それは銀二百貫（約三億二千万円）にものぼる巨額で、宗像家の財政の柱となっていただけに、新年早々から神事の直会もできないほど窮乏《きゅうぼう》しているのだった。

「こんなことが、いつ終わるのだろうな」

更地になった境内を見やり、氏貞は力なくつぶやいた。

「ご懸念《けねん》には及びませぬ。神々を崇める気持を持ちつづければ、必ず手をさし伸べて下されます」

蔵人はゆるぎのない信念を持っていた。

「そうであれば良いが……」

宗像家はもはや、その資格さえ失ったのではないか。氏貞は近頃そんな不安に取りつかれていたが、口にはしなかった。

白山城にもどる途中、城下の増福院に参拝した。

氏貞が建立した曹洞宗の寺だが、それには宗像家の後継ぎをめぐって一族同士で争った悲しいいきさつがあった。

事の原因は、父正氏に晩年まで後継ぎが出来なかったことだ。

そこで甥の氏男《うじお》を猶子にして跡を継がせることにしたが、皮肉なことにその翌年に側室とした富久との間に氏貞が生まれた。

その二年後に正氏が死ぬと、氏男が定めの通りに跡を継いだが、それからわずか四年後に陶隆房が謀叛を起こし、大内義隆を長門の大寧寺で自刃させた。

氏男は義隆を守ろうとして討死したために、宗像家では後継ぎをめぐって内紛が起こった。

氏男の弟千代松丸を推す者と、嫡流である氏貞を推す者がいて、家中を二分する争いになった。

この争いは大内家の実権を握った陶隆房の裁定《さいてい》により、氏貞が後継者となることで落着したが、その直後に痛ましい事件が起こった。

山田の屋敷に住んでいた氏男の妻と娘、四人の侍女が何者かに惨殺されたのである。

おそらく後の禍根を絶つために、氏貞派の者が手を下したのだろう。

富久の父宗像貞氏《さだうじ》が主謀者だという噂もあったが、八歳になったばかりの氏貞には詳しいことは分らなかった。

それ以来、宗像家には異変がつづいた。

重臣三人が相次いで病死したり、落雷によって火事が起こったり、水害や旱魃《かんばつ》にみまわれて不作にあえいだりしたために、殺された母子の祟《たた》りだという噂がまことしやかにささやかれるようになった。

そこで氏貞は増福院を建立し、殺された母子と侍女たちを供養することにしたが、争いはこれだけでは収まらなかった。

事件の後、千代松丸とその父氏続《うじつぐ》は豊前の英彦《ひこ》山に逃れていたが、何者かに襲撃されて氏続は殺され、千代松丸は辛くも難を逃れて豊後に亡命した。

そして大友宗麟に召し抱えられ、鎮氏の名乗りを許されるほどに重用されている。

評定の席で「大友家に従えば、やがて鎮氏に家を乗っ取られる」という意見が出たのは、このためだった。

氏貞は本堂に参拝した後、境内にまつった供養堂に手を合わせた。

内紛の犠牲になった六人を供養して、六体の地蔵菩薩が並んでいる。

氏男の妻の法名は妙秀、娘の菊姫の法名は妙安。いずれも近い親戚で、幼い頃から親しんできただけに、無残な死がひときわ悼まれる。

氏貞が宗像家に暗雲がかかっていると感じるのは、この事件の衝撃がいまだに重く心にのしかかっているからだった。

（どうか成仏して下さい。そして宗像家の守り神となって下さい）

今の氏貞には祈ることしかできない。大宮司とあがめられてはいても、大人になりきれぬ身では何の力もないのだった。


海から冷たい北風が吹きつけてくる時期が終わり、芽吹きの季節になった。

まわりの山々では木の芽がふくらみ、山全体がうっすらと薄桃色に染っている。ふもとでは若苗色の草が生えて、すみれやたんぽぽも花をつけ始めていた。

梅はすでに咲きほこり、桜の時期を待っている。気温もずいぶん上がってきて、白山城のふもとの館でも火鉢を仕舞い込んでいた。

そうした陽気のせいだろう。

ある夜、氏貞はなやましい夢を見た。

どこか山里の湧き湯に、美しい娘たちと入っていた。

あたりは湯気におおわれ、娘たちの姿はよく見えない。輪郭《りんかく》がぼんやりとして、若々しい話し声や笑い声が聞こえてくるばかりである。

湯屋のまわりには満開の桜が生い茂り、頭上を花の枝が天蓋《てんがい》のようにおおっている。

そこから散り落ちた花びらが湯の面を隙間なくおおい、桜の着物を敷きつめたようである。

娘たちがたわむれに体を動かすたびに湯の面が揺れ、桜の着物がゆったりと波打っている。その美しさに見とれていると、桜の湯をかき分けて長い髪の娘が歩み寄ってきた。

そうして氏貞を湯の外に座らせ、手にした石鹸《シャボン》で体を洗い始めた。

南蛮人が博多に持ち込んだ品で、両手でこするとつるつると泡立ち、何ともいえないいい香りがする。

その泡を氏貞の体にまんべんなく塗りつけ、掌でこすって汚れを落としてくれる。

息がかかるほど顔を寄せ、抱き寄せるように洗っているのは母親の富久のようだが、はっきりとは分らない。家中一の美女と評判だった菊姫のような気もして落ち着かないが、相手が誰かどうしても確かめることができなかった。

やがて娘は首筋から胸へ、胸から下腹へと両手を回し、シャボンの泡で汚れを落としていく。

その手は近頃朝立ちするようになった氏貞の一物にも伸び、下から上へ、上から下へとなめらかに洗い上げていく。

(あ、そこは……)

やめてほしいと言おうとするが、声にすることができない。その間にも両手の動きはとどまることがなく、氏貞はかつて味わったことのない心地良さにとらわれた。

体の芯まで虜《とりこ》にするような快感にあらがって女の手をつかもうとした時、頭の中で何かが弾《はじ》けた。目まいがするような衝撃と同時に、快感が稲妻《いなずま》となって背筋を走った。

氏貞ははっと目を覚ました。

我が身に何が起こったのか、快感の余韻《よいん》が残る股間に手を伸ばしてみた。

どろりとした液体が下帯にこびりついている。のぞいてみると青草のような生臭さが立ち上ってきた。

初めての夢精がおとずれたのである。

だがその意味が分らず、暗い閨《ねや》の中でしばらく茫然としていた。

「鍋寿や、もう目を覚ましたのですか」

襖の外で富久の声がした。

閨に入って来られたなら、この有様を一目で悟られるにちがいない。それだけは絶対に駄目だと、男の本能が告げていた。

「今日から水垢離《みずごり》をします。その仕度をしているのです」

だから入って来るなと、とっさに嘘をついた。

水垢離の前は女人に会わないのが神社の作法だった。

「そうですか。それは立派なことです」

富久はしきりに感心して引き下がった。

氏貞は井戸端に出た。あたりは明け染めたばかりで、薄水色がかった透明な空気に包まれている。

井戸の側には水垢離の場があり、丸く平べったい踏み石が置かれていた。

井戸水を汲み上げると、氏貞は日の出の方角に向いて頭から水をかぶった。井戸水は程良い冷たさで、火照《ほて》った体を冷《さ》ましてくれる。

氏貞は何杯も水をかぶり、これまでとはちがう力がみなぎってくるのを感じていた。

一月ほど過ぎたある日、氏貞は急に評定の場に出るように求められた。

「ただ今、温井隆重どのが長門から戻られました。毛利どのからの書状を持参しておられます」

すでに皆が集まっていると、蔵人が告げた。

広間に行くと夏の打掛けを着た富久が上段の間に座り、次の間に占部甲斐守尚安、右馬助尚持、河津隆家、寺内秀郷が左右に分れて居並び、中央に温井隆重が座っていた。

たった今、長門から渡ってきたようで、着物の袖や裁着袴《たつつけばかま》の下の方が船に打ち込む波に濡れている。そのせいで部屋の中に磯《いそ》の香りがただよっていた。

「殿、お久しゅうございます」

氏貞が上段につくのを待って、隆重が口上をのべた。

「それがしは昨年以来毛利家に奉公《ほうこう》し、小早川隆景《こばやかわたかかげ》どのに仕えて参りました。そしてこの度、隆景どののご命令により、家中にあてた密書を持参いたしました」

隆重は油紙に包んだ密書を取り出した。

それには六月某日の未明に軍船を仕立てて門司《もじ》城に攻めかかり、大友家を追い払って城を奪い取るので、宗像家にも協力してもらいたいと記されていた。

「毛利勢は下関と彦島から軍船八百艘をくり出し、潮の流れに乗って門司城に攻めかかります。殿には杉、秋月、筑紫などに廻状を回し、兵をそろえて大友勢の背後を衝いていただきたいとのことでございます」

「毛利勢の数は、いかほどでござろうか」

占部甲斐守がたずねた。

「一艘に十人ずつ乗り込んだとして八千。これに船の水夫《かこ》が加われば、一万四千ほどになりましょう」

「大友勢は門司や小倉に三万の兵を集めておる。それだけではとても太刀打ちできまい」

大友方との交渉を担当している寺内秀郷が、無謀な計略だと一蹴《いっしゅう》した。

「これは正面からの戦ではござらぬ。未明に第一陣が奇襲をかけて城を乗っ取り、第二陣が城のまわりの大友勢を追い払い、城の守りを固めて長門からの応援を待つのでござる」

だから兵の数は問題ではないと、隆重が反論した。

門司城は関門海峡にせり出した古城山《こじょう》の上にある城で、城内には千人ほどの城番しかおけない規模である。

だが海峡を扼《やく》する要地なので、毛利家は何としてでも奪い取ろうとしていたのだった。

「大友勢は八万の軍勢を持っておりまする。門司城での戦に三万を割いたとしても、残り五万を自由に動かすことが出来るのでござる。たとえ当家が秋月、筑紫、杉らに挙兵を求めたとしても、集められるのはせいぜい一万。それも大友に攻められて逼塞《ひっそく》している者たちばかりでござる」

秀郷は大友家の備えが磐石だと知っている。勝つ当てもなく反旗をひるがえしては、家の滅亡を招くだけだと強硬に反対した。

しばらく議論がつづいたが、どちらに身方するべきか容易には決められない。急なことなので、氏貞の裁定をあおぐふりをすることもできなかった。

「この場はひとまず、それがしに預《あず》からせていただきたい。後日改めて評定を開いて取り決めようと存ずる」

甲斐守が機転を利《き》かして先延ばしした。

うかつに結論を出せば、不利な立場に立たされた隆重か秀郷が離反するおそれがあった。

重臣たちが鳩首《きゅうしゅ》して出した結論は、苦渋に満ちたものだった。

今の状況では大友家に反旗をひるがえすことは出来ない。しかし博多の神屋と取引きをつづけ、石見銀山で採れた銀の運搬をさせてもらうためには、毛利との関係も保っておきたい。

ところが今回は、今までのように水面下で兵を出すだけでは足りないので、大友の側に立ちながら毛利の勝利に貢献《こうけん》するという、曲芸に等しい立ち回りをしなければならなかった。

そこで練り上げたのは、次のような策だった。

秋月や筑紫などへ挙兵の要請をするのは断わるが、安東杢兵衛がひきいる水軍百五十艘を、旗印を伏せて小早川水軍に参加させる。

一方、大友へは門司城の警固役を務めたいと申し入れ、氏貞自ら一千の兵をひきいて出陣する。

そうして毛利勢が門司城を奇襲したなら、これと戦うふりをしながら毛利勢を利する動きをするのである。

「そんなことが出来るものなのか」

報告を受けた氏貞には、何をどうするのか想像もつかなかった。

「大友勢は一枚岩ではございません。各地からの寄せ集めゆえ、未明に奇襲を受けたとなれば、大きな混乱が起こります」

そこに付け入る隙があると甲斐守は言ったが、具体的なことはその場の状況を見なければ分らないという。

「殿のお側には右馬助と蔵人をつけ、それがしの指示を伝えます。ご安心下され」

「しかし、大友方に見抜かれたらどうします。進退きわまるのではないですか」

同席した富久は、氏貞を初めて戦場に出すことが心配でならないようだった。

「そうならぬように知恵をめぐらします。殿は床几《しょうぎ》にお座りになり、大船に乗ったつもりで戦場の熱気をお楽しみ下され」

歴戦の甲斐守は、事もなげに言ってにこりと笑った。

三

五月末日、氏貞は一千の兵をひきいて門司城の警備についた。

甲斐守らの申し出を容れて、大友宗麟は門司城の搦手《からめて》口の守備を任せたのだった。

門司城は古城山《こじょう》(標高百七十五メートル)を本丸、筆立山(標高百五メートル)を二の丸とし、両者の間を尾根の道で結んでいる。

眼下に関門海峡をのぞみ、対岸の下関までは五町(約五百五十メートル)ほどしか離れていない。

城の西には門司港があり、北側も海に面している。大手は北西の和布刈《めかり》の側で、海を渡って攻めてくる敵に備えている。

搦手は南東の水田地帯に向かっていて、搦手門を入ると筆立山を抜けて本丸につづく犬走りがある。毛利勢が大手から攻めてきた場合に備え、援軍を送れるように整備したものだ。

氏貞は搦手口の近くの寺に本陣をおき、毛利からの知らせを待っていた。

実際に奇襲があった場合、どう動くかについては何も聞かされていない。右馬助や蔵人に従うようにと念を押されたばかりだった。

五月雨《さみだれ》の季節が過ぎ、すでに田植えが終っている。水を張った田に列をなして植えた苗が、海からの風に吹かれてかすかに揺れていた。

この時期の軍勢の移動は難しい。田と田の間の畷《なわて》しか通れないので、大軍の移動には適していない。

畷からはみ出して水田に入り、沼田に足を取られて討ち取られた例は枚挙《まいきょ》にいとまがないほどだった。

氏貞は初陣である。幼い頃からいろいろ教えられてはいるが、実際に戦場に立つのは初めてである。

不安と緊張と興奮に平常心を失い、足が地につかないほどだった。

「初めは皆同じでござる。肩の力を抜いて、楽になされよ」

蔵人が笑って助言したが、今にも戦が始まると思うと緊張のあまり目まいがして、とても楽には出来なかった。

毛利から知らせがあったのは、六月十一日の夕方だった。

「明朝未明、毛利水軍が奇襲をかけます。第一陣四百艘は和布刈に船をつけて大手口から城に攻め入り、第二陣六百艘は門司港に船をつけて城のまわりの守りを固めます」

温井隆重の配下がそう告げた。

宗像水軍の百五十艘は、第二陣に加わっているという。

明朝未明まではあと半日ばかりしかない。占部甲斐守は諸将を集めて作戦の指示をしたが、氏貞には何も教えてくれなかった。

「これでは飾り物と同じじゃ。何のために出陣したのか分らぬではないか」

氏貞は力みかえって文句を言ったが、甲斐守はおだやかな目を向けて、大将はそれでいいのだと取り合わなかった。

その夜、氏貞は一睡もしなかった。

小手とすね当てをつけた小具足姿で横になったが、戦が始まると思えば不安と恐れに心を鷲《わし》づかみにされ、目は冴《さ》えてくるばかりである。

あたりは静まりかえり、田で鳴き交わすカエルの声がうるさいほどである。夜半になるとそれがぴたりと止み、雨が降り始めた。

寺の板屋根を叩く雨の音がまばらに聞こえてきた。

(雨になったら、どうするのだろう)

奇襲は中止になるだろうか。そうなってくれればいいのに。丸くうずくまってそんなことを考えている間に、いつの間にか雨は上がっていた。

眠れないことに疲れてきた頃、ふいに遠くで喊声《かんせい》が上がった。パンパンと鉄砲を撃ちかける音も聞こえてくる。

氏貞は弾かれたように上体を起こしたが、あたりはまだ暗かった。

「毛利じゃ。毛利が攻め寄せてきたぞ」

声を上げて知らせたが、側で寝ている蔵人も右馬助も動こうとしなかった。

小屋掛けをして布陣している将兵たちも寝静まっているようで、何の動きも起きなかった。

「いいのでござる。殿ももう少しゆっくりなされませ」

蔵人が脇から声をかけた。

大友勢も毛利勢の来襲に備え、門司城の南東に位置する八窪山《やくぼ》（標高百八十三メートル）に本陣を置き、一万の兵を配している。

筆立山の南には筑前から集めた国人衆の兵五千余を置き、門司港から攻め寄せてくる敵に備えていた。

中でも本陣にいる大友家直属の軍勢の志気は高く、大手口で喊声が上がったのを聞くと、わずかの間に出陣の仕度をととのえ、搦手口から城内に加勢に入ろうとした。

ところが宗像勢はその頃ようやく鎧や兜をつけ、あわてて弓を張り、槍の鞘《さや》をはずしている有様である。

しかも狭い畷でひしめき合っているので、後方から来た大友勢は道をふさがれて前に進めなかった。

「申し訳ござらぬ。ただ今仕度を整え、進撃いたします」

それゆえ今しばらくのご猶予をと、使い番たちが平身低頭で謝りに行く。

こうして時間をかせいでいるうちに、大手口は毛利勢に破られ、本丸も危うくなっていた。

「ええい、どけ。どかぬなら、その方らを討ち捨てて進むまでじゃ」

大友勢の大将はその覚悟を示すために、宗像勢に向かって矢を射かけた。

進撃の邪魔になる者、許可なく逃げてくる者を討ち捨てにしても罪には問われなかった。

「者ども、大友どののお通りじゃ。道を開けよ」

甲斐守が号令すると、宗像勢はいっせいに両側の脇道に入って道を開けた。

「殿、そろそろ西へ向かいます。ご用意を」

蔵人が寺の外につないだ馬の側に連れていった。

氏貞はすでに萌黄縅《もえぎおどし》の鎧を着込み、鍬形《くわがた》を打った兜をかぶっている。

それは想像以上に重くて動きにくいので、押し上げてもらわなければ馬に乗れないほどだった。

「兄者が前に、それがしが後ろについております。ご安心を」

そうしている間にも、毛利勢は本丸を攻め落とし、筆立山の二の丸に攻めかかっている。第二陣も門司港に次々と接岸し、上陸する態勢をととのえていた。

「毛利勢は港にもいるぞ。一歩たりとも筑前の土を踏ませるな」

甲斐守が再び号令を発し、采配《さいはい》を打ち振った。

脇道に寄っていた宗像勢は、踵を西に走って門司港を守ろうとした。ところが筆立山の南に布陣していた国人衆の軍勢とぶつかり、互いに入り乱れての大混乱となった。

筆立山と門司港の間の道は狭くなっているので、前方の身方が入り乱れていては、後方の者たちは進めない。

そうしている間に上陸を終えた毛利勢に攻め立てられ、退却せざるを得なくなったのだった。

毛利家は計画通り門司城を占拠した。

第一陣、第二陣による奇襲によって城を攻め落とし、用意の楯と柵を運び入れて守りを固めた。

これで関門海峡の制海権を確保すると同時に、筑前、豊前に侵攻する足掛かりを得たのである。

宗像家にとっても狙い通りの上首尾だが、事はそれほど簡単にはすまなかった。

戦場には将兵の働きを監視する戦目付《いくさめつけ》がいる。大友家選りすぐりの戦功者《いくさこうしゃ》が、不審な動きをしている者がいないか目を光らせ、大友宗麟に逐一報告する。

その中の一人が、宗像勢の動きに不審を持ち、詰問のために白山城に乗り込んでくるという。

「詰問使は宗像鎮氏どのでございます」

大友家との取次役をつとめる寺内秀郷の知らせに、家中は一気に緊張した。

六年前に氏貞と家督を争い、四年前に襲撃されて豊後に亡命した鎮氏が来るなら、内情を見抜かれている畏れがある。裏切りの証拠をつかんで、どんな無理難題をふっかけてくるか分らなかった。

盂蘭盆会《うらぼんえ》が過ぎた七月十六日、鎮氏は秀郷に案内されてやってきた。

三百の精兵を引きつれ、鎧に身を固めた物々しい出立ちだった。

氏貞は山田屋敷の広間で鎮氏と対面した。

もちろん相手が上座につき、氏貞は占部甲斐守と共に平伏して迎えた。

「甲斐守、久しいの」

鎮氏は二十一歳になる。目の大きな面長の顔立ちは、兄の氏男によく似ていた。

「お久しゅうございます。ご壮健のご様子、何よりでございます」

「父は殺され、わしもあやうく命を落とすところだったが、こうして無事に生きておる。今は宗麟公の近習となり、兵五百を預けられる身となった」

「さすがは先代さまの弟君でございます。我らも大友家に仕えさせていただくことになりましたゆえ、大いに心強く思っておりまする」

「そちが鍋寿丸か。大きくなったの」

鎮氏はわざと幼名で呼び、昔の顔を思い出せないと鋭い皮肉をあびせた。

「それがしはよく覚えております。文武に秀でたお方だと、いつも目標にして参りました」

氏貞は真っ直ぐに鎮氏を見つめた。

門司城での計略を知らされていなかったことが幸いしたのだろう。少しも臆することがなかった。

「このたびは詰問使をおおせつかった。問い質さなければならぬこともいくつかあるが、久々に我が家に帰ってきたのじゃ、二、三日ゆっくりしていきたい」

「それは……、有難いことでございます」

甲斐守が困惑顔を懸命につくろった。

「どうした。不都合なことでもあるか」

「いいえ。思いがけないお申し出ゆえ、家中の者たちもさぞ喜ぶことでございましょう」

「右馬助や蔵人にも会ってみたい。さぞ立派になったことであろう」

鎮氏は優位に立った強みをちらつかせながら、終始おだやかに振舞った。

その夜は鎮氏を歓迎するための酒宴を開き、翌日は本人のたっての希望により増福院に参拝した。

「盂蘭盆には間に合わなかったが、義姉上も菊姫も喜んでくれるであろう」

鎮氏は供養の花を地蔵菩薩にささげ、何事かをつぶやきながらひとしきり手を合わせた。

殺された妙秀は鎮氏の兄嫁、菊姫は姪に当たる。

「氏貞、お二人の顔を覚えているか」

鎮氏がたずねた。

「覚えております。お二人ともたいそう美しい方でございました」

「あの夜、わしは廊下をへだてたはす向かいの部屋で寝ていた。ちょうどそちと同じ年頃であった」

月の明るい夜だったという。

深更《しんこう》におよびあたりも寝静まった頃、黒装束の一団がいきなり屋敷に斬り込んできた。狙いは妙秀と菊姫で、二人の寝所へ真っ直ぐに進んでいく。

御殿の奥座敷にいた男は鎮氏ばかりで、警固にあたっているのは四人の侍女だけだった。いずれも腕のたつ者たちだが、戦場慣れした武士には太刀打ちできなかった。

鎮氏は枕元の刀をつかんで飛び起き、助けに飛び出そうとしたが、一人では十数人を相手にすることはできない。

妙秀と菊姫を守ろうとして侍女たちが斬り殺される気配が伝わってくると、とっさに部屋を抜け出して納戸に隠れた。

侍女たちが盾となっている間に、妙秀と菊姫は庭に逃れた。

そこには表に出る木戸があったが、前後を賊に囲まれて進退きわまった。

妙秀は菊姫を背中にかばい、

「この娘《こ》に罪はありません、わたくしの命と引き替えに、どうぞお助け下さい」

そう叫んだが、懇願の声がやまないうちに、賊は二人を斬り殺したのだった。

「わしはその様子を全身で感じながら、納戸の中で息をひそめていた。助けなければと思いながら、体がすくんで何をすることもできなかった。その時のことを思い出すと、今もこの胸が張り裂けそうになる」

鎮氏は目を赤くし、拳を固めて自分の胸を何度も叩いた。

「わしと父は賊の手から逃れるために、ひそかに宗像から抜け出して英彦山に隠れた。だが賊は執拗《しつよう》に追いつづけ、二年後に英彦山の寺にいた我らを襲ってきた。父は不覚にも討たれたが、英彦山で武芸の修行に励んでいたわしは、五人を討ち果たして豊後に逃れた」

そうして今では一万石の知行を与えられていると、鎮氏は妙秀と菊姫の地蔵に語りかけた。

「義姉上、菊姫、千代松丸がもどって参りましたぞ。お二人の無念は決して忘れてはおりませぬ」

氏貞は頭を垂れてその言葉を聞いているばかりである。

鎮氏が言った通りの惨劇が山田屋敷で起こったのだから、反論することも言い訳することもできなかった。

翌日は宗像神社に参拝した。

鎮氏は鳥居の下で立ち止まり、焼失した社殿の跡をじっとながめた。

「どうぞ。高宮祭場にお移り下され。今はそちらで神事を行なっております」

甲斐守が先に立って案内しようとした。

「いや、ここで良い。これが今の宗像の姿だ」

「申し訳ありません。大友勢の狼藉を、止めることができませんでした」

氏貞は身の置き所もない思いで、火を放ったのは耶蘇教の信者たちだと付け加えた。

「誰が火を放ったかは問題ではない。神社を守りきれなかったのは、社家に徳がないからだ」

「……………」

「その原因は、どこにあるか分るか」

「い、いいえ」

「第七十九代となったそちが、義姉上や菊姫を殺した者たちに擁立されているからだ。宗像の姫神さま方が、女子を手にかけた輩をお許しになると思うか」

鎮氏は氏貞の肩を突き飛ばし、文句があるならかかって来いとばかりに甲斐守らをにらみすえた。


鎮氏は三日目に八窪山の大友家本陣にもどっていった。

詰問使でありながら、門司城攻め当日のことについて、何ひとつたずねようとしなかった。真相は分っていると言わんばかりに、二つの要求を突き付けただけである。

一つ、七月末までに氏貞か富久を人質として豊後府内（大分市）に差し出すこと。

一つ、門司城攻めに一千の兵を出し、鎮氏の下知に従うこと。

いずれも宗像家の存立をおびやかす厳しいものである。しかも月末まではあと十日ばかりしか残されていなかった。

甲斐守は重臣を集めて対応を協議したが、結論を出すのは容易ではなかった。

これを拒めば大友家は数万の兵を動かし、一気に宗像家をつぶしにかかるだろう。だが応じれば完全に大友家に従属することになり、氏貞に替えて鎮氏が当主となる。

そうなったなら、氏貞を擁立した重臣たちは粛清《しゅくせい》されるにちがいなかった。

「殿か御前さまを人質に出せとは、もっての外でござる」

もっとも強硬に反対したのは占部右馬助である。

日頃の寡黙《かもく》さとはうって変わった雄弁《ゆうべん》ぶりで、宗像家がそのような扱いを受けたことは一度もないと息巻いた。

「しかし、大友の要求を拒めば攻め亡ぼされまする。毛利の加勢などするゆえ、このようなことになったのでござる」

大友方の寺内秀郷が、やる瀬なげに吐き捨てた。

氏貞は富久と並んで上段の間に座り、堂々巡りの議論を聞いていた。

何かを言う機会も与えられず、いつものように黙っているだけである。

焦りと不安に刺《とげ》立った重臣たちの言葉が耳朶《じだ》を打つたびに、氏貞は「その時のことを思い出すと、今もこの胸が張り裂けそうになる」という鎮氏の言葉を思い出した。

「宗像の姫神さま方が、女子を手にかけた輩をお許しになると思うか」

その一言も、胸に突き刺さったままである。

（ちがう、ちがう、ちがう）

私は姫神さま方に見放されてなどいない。鎮氏の言葉を必死で打ち消そうとしているうちに、氏貞の心にある決意が芽生え、日ましに大きくなっていった。

評定が三日目に及び、誰もが出口のない議論に疲れはてた時、氏貞は一同を見回しておもむろに口を開いた。

「宗像家にとって大事なことは、毛利と大友のどちらに従うかではない。自らの力をつけて、家が立ちゆくようにすることだ」

そうしてこそ初めて、姫神さま方に仕える資格がある。氏貞の言葉に、重臣たちは虚《きよ》を衝かれたように黙り込んだ。

「家が立ちゆくためには、対馬の宗義調どのに頼んで鉛の運搬をつづけさせてもらうことが必要だ。そうして神屋紹策どのにも、銀の運搬をさせてもらえるようにしなければならぬ」

そのために私が、対馬まで行って義調に直《じか》に頼み込む。氏貞は決意に満ちた口調で明言した。

「それを認めてもらえたなら、資金不足から立ち直ることができる。鉄砲を買入れ、兵を雇うこともできる。それゆえこの話をまとめることができたなら、大友家の要求を拒絶し、毛利家の側に立とうと思う。毛利家に石見銀山を奪回してもらい、神屋とともにその交易にたずさわることが、海の民として生きてきた我らの本道なのだ」

「確かに、さようでござるな」

氏貞の思いがけない成長ぶりに、甲斐守は目をうるませていた。

「しかし殿、昨日から西の空に入道雲が立っております。海が荒れる前触れですたい」

安東杢兵衛の見立てははずれたことがなかった。

「渡れぬか。海峡を」

「沖ノ島まで着けば、何とかなりましょう。ばってん水夫の二、三人は振り落とされて、鱶《ふか》の餌《えさ》になる覚悟はしとかななりまっせん」

「返答は月末までだ。ぐずぐずしているわけにはいかぬ」

嵐の中を無事に乗り切れたなら、姫神さま方のご加護があるということだ。氏貞は自分に宗像家当主としての資格があるかどうか、この航海に賭けてみようと思った。

出港は七月二十日だった。空は曇って波も高くなりつつあったが、日を移せば海は荒れるばかりである。

氏貞は甲斐守とともに高宮祭場へ行き、神々に航海の無事を祈ってから神湊へ行った。

釣川の河口近くにある宗像氏の主要港で、船屋形を持ち船側に艪棚《ろだな》をつけた中型船が待機していた。

船頭は安東李兵衛がつとめ、舵取りは占部右馬助である。

氏貞の警固役は弟の蔵人だった。

水夫は左右に五人ずつ、艪をにぎって棚に立ち、荒海に振り落とされないように命綱で体を船に縛りつけていた。

全員褌《ふんどし》一丁なのは、着物がぬれると体にまとわりついて動きにくくなるからである。

「右馬助は船も操るのか」

氏貞は初めて外海に出る。何もかも珍らしかった。

「さよう。宗像の男でござるゆえ」

右馬助は双肌脱ぎになり、猪のような浅黒い体をむき出しにした。

「蔵人もできるか」

「兄者ほどではござらぬが、心得てはおりまする」

蔵人が渋く笑って、殿もやがてそうなられると言った。

「それではこのまま玄海《げんかい》を突っ切り、沖ノ島ば目ざし申す。およそ十五里（約六十キロメートル）。西から迫ってくる嵐との競争になるごたる」

李兵衛は覚悟はいいかと皆を見回し、合図の銅鑼《どら》を打ち鳴らした。

大勢の家臣や領民に見送られて、船はゆっくりと港を離れていく。

見物人の中には富久もいて、胸の前で手を合わせて無事を祈っていた。

船は勝島の横を通り、二里半ほど沖に浮かぶ大島に向かっていく。湍津姫神《たぎつひめのかみ》を祀る中津宮がある島だが、先を急ぐので素通りすることにした。

大島の加代鼻を抜けて外海に出ると、波が途端に荒くなった。

沖の方から船の舳先に向かって波が迫ってくる。

船は波に乗り上げ谷間に落とされ、前後左右に激しく揺れる。

氏貞は船屋形にいたが、あまりの揺れの激しさに右に左に突き飛ばされ、体を壁に打ちつけた。

「殿、ご辛抱下され」

蔵人が船屋形の柱に氏貞を縛りつけ、揺れから守ろうとした。

それでしばらく落ち着いたものの、やがて船縁をこえて打ち込む波が、船屋形にまで入ってくるようになった。

波は濁流《だくりゅう》となって甲板をすべり、船屋形にまともに打ち寄せてくる。

その波に頭までつかり、海の底に沈められたようになった。

「蔵人、綱を解け、早く」

そう叫ぶ口や鼻から海水が入り、喉から胃の腑まで塩辛い。

　すると次の瞬間、船がつんのめるように前に傾き、海水がいっせいに流れ去っていった。

「蔵人、綱を解け。立ったまま帆柱に縛りつけよ」

　そうしなければ船の上で溺れ死にそうである。

　蔵人もそれを察し、揺れの合間をぬって氏貞を帆柱に縛りつけた。

　そうして自分の命綱も帆柱に巻きつけ、氏貞を守る構えを取った。

　李兵衛も舳先の船縁に、右馬助も舵柱に命綱を取り、打ち寄せる波を平然と受け流している。

　その間も李兵衛は拍子良く銅鑼を叩き、右馬助や水夫たちの呼吸を合わせていた。氏貞は船酔いと目まいに襲われ、何度か塩辛い反吐《へど》を吐き、何度か気を失った。

　そうした時間が、どれくらいつづいたのだろう。

「殿、見えましたぞ。沖ノ島でござる」

　蔵人に肩を揺すられて我に返った。

　荒波さかまく大海原に、曇り空を背にした島が影絵のように浮かんでいる。

　雲の切れ間から薄日がさし、島だけを背後から照らし上げている。

　一の岳、二の岳、三の岳と連なる姿は、三姫神が肩を寄せて並んでおられるようだ。

　島の岸は鋭く切り立ち、打ち寄せた波の飛沫《ひまつ》が霧となってあたりに立ちこめている。

氏貞は夢のつづきを見ているような気がした。

そして体の奥底からわき上がる感動に震えながら、姫神さまは確かにおられる、この身を守って下されていると感じていた。

「島に船をつけて、嵐が静まるのを待ちまする。もう大丈夫でござる」

島には真水も湧いているので喉をいやされるがよいと、蔵人が氏貞の容体を気遣った。

「この荒波で、船がつけられるのか」

「田心姫神《たごりひめのかみ》さまの島でござる。案ずることはありません」

島に近付くと、前方にある御門柱、天狗岩の姿も見えてきた。大波をかぶりながらも、しっかりとそびえ立って沖ノ島の鳥居の役目をはたしている。

杢兵衛が叩く銅鑼の拍子に右馬助と水夫たちが呼吸《いき》を合わせ、船は岩礁《がんしょう》の間をやすやすと抜けて島に近付いた。

するとどうだろう。そのあたりだけ急に波が静かになり、母が乳呑児《ちのみご》を抱くように船を迎えてくれるではないか。

氏貞は不思議の思いに打たれながら、必ず所領を守り抜き、社殿を復興しなければならぬと、覚悟を新たにしていた。

幸い対馬での交渉はうまくいった。

氏貞自ら荒海を乗り越えて来たことに感服した宗義調は、来年からは従来通り神屋に鉛を売り、宗像水軍に運搬を任せると約束したのである。

それから二十年後の天正六年（一五七八）、氏貞は宗像神社の本殿を再建した。

柿葺き、五間社《ごけんしゃ》流造《ながれづくり》の気品あふれる本殿は、今も往時のままの姿で多くの参拝者を迎えている。

海の桶狭間

服部友貞

一

（あんな野郎に、二度も負けてたまるか）

小早船《こばやぶね》の舳先に立った服部左京進友貞《はっとりさきょうのしんともさだ》は、津島湊《みなと》のにぎわいを遠くにのぞみながら闘志をかき立てた。

今日は六月十四日、天王祭の宵祭である。

数百個の提灯で飾り立てられた巻藁船《まきわらぶね》が、おごそかに天王川を下っていく。

そして翌朝には山車《だし》を乗せて姿を変えた車楽《だんじり》船が、川をさかのぼって津島湊にもどってくる。

船の帰りを待つ間、港では甲冑を着て泳ぎを競う「水練くらべ」がおこなわれる。

祭り好きの織田信長《おだのぶなが》が永禄元年（一五五八）から始めたもので、今年で二回目になる。

港の沖まで船で出た甲冑姿の十人が、二町（約二百二十メートル）ばかりを泳いで岸までたどり着く。その順位を競うものだ。

五人は信長と織田家の家臣、五人は近在の浦々から選ばれる。

鯏浦《うぐいらに》二の江《え》に生まれた友貞も、昨年これに参加した。泳ぎには絶対の自信を持っているので、誰にも負けるはずはないと高《たか》をくっていたが、岸に着く直前に信長に抜き去られ、面目を失った。

これが友貞には悔しくて仕方がない。

今では両者の差は歴然としているが、元は同じ尾張守護代家の重臣の家に生まれた者同士である。

それゆえ今年こそは何としてでも勝つと、秘策をめぐらし満を持《じ》して祭りに乗り込むことにしたのだった。

船は上げ潮に押され、木曽川を快調にさかのぼっていく。

長良川、揖斐《いび》川と合流した木曽川は、両岸が見えないほどの大河となって伊勢湾に注いでいるが、上げ潮に押されて逆流を余儀《よぎ》なくされている。

川の流れが潮に押され、高さ三尺（約九十センチ）ばかりの波となって立ち上がったかと思うと、まくり上げられるように上流に押し込まれていく。

「漕げ漕げ。湊の奴らに二の江の力を見せつけてやれ」

友貞は気持が高ぶるままに命じた。

船には左右に十人ずつ。屈強の水夫《かこ》たちが中腰になって艪《ろ》を漕いでいる。

掛け声を上げ息をそろえて漕ぐと、十本の艪が腕のように水をつかみ、船は立ち上がった波を飛び越えるように進んでいく。

船には金筋が入った二本の旗がかかげてあり、一本には二の江講中《こうじゅう》、一本には南無阿弥陀仏の名号が記されている。

伊勢長島の願証寺を中心とした一向一揆衆であることを示す旗だった。

湊に着くと津島神社に参拝した。

牛頭《ごず》天王とスサノオを祀る天王社で、尾張、三河、遠江を中心として三千はあると言われる津島神社（天王社）の総社とあがめられている。

勝幡城《しょばたじょう》を本拠地としていた織田氏の敬崇も厚く、信長も手厚く保護しているので、朱塗りの社殿は目を驚ろかすほど立派である。

祭りとあって境内のまわりには多くの出店が並び、参拝客でごったがえしていた。

「兄貴、こちらだ。こっちですよ」

出店の脇から声をかける者がいた。

杉江の喜兵次《きへいじ》が裾《すそ》の長い真っ赤な半纏《はんてん》を着込み、汁をたらして瓜《うり》をかじっていた。

「おう、早かったな」

「市江《いちのえ》の勝蔵《かつぞう》と話をつけなきゃなりませんからね。朝のうちに来たんですが……」

それにしても派手に構えましたねと、友貞の出で立ちをしげしげとながめた。

薄絹の真っ黒な半纏は地に着くほど長く、背中には金糸で昇り龍の縫い取りがしてある。袖は動きやすいように七分袖だが、その下には真っ赤な手甲《てっこう》をつけている。腰にはしめ縄のような太い赤綱を巻き、銀箔の鞘《さや》の刀をたばさんでいた。

「祭りで男を見せるんだ。引けを取るわけにはいかねえだろう」

友貞はそう言ったが、本当は昨年の信長の装いの見事さに圧倒されたからだった。髷を茶筅《ちゃせん》に結い上げ、濃紺の直垂《ひたたれ》の上に真紅の袖なし羽織を着込んでいた。しかも腰には黄金のひょうたんをいくつも下げ、まるでスサノオの化身のように振舞っていた。しめ縄のような赤綱を巻いたのは、それに対抗するためだった。

「それでどうした。勝蔵との話は」

「それがね。今年の水練くらべの勝者には、銀五貫の賞金が出るそうなんですよ」

「ほう。そいつは豪勢だな」

銀五貫は金百両（約八百万円）に相当する。昨年の賞金の四倍だった。

「信長さまが寄付されたそうです。どうせ自分が勝つからと」

「野郎。言うじゃねえか」

「それならもうちょっと助太刀料をもらわなきゃあ、割に合わないって、勝蔵の奴が言い出しやがったんですよ」

「いくらだ」

「三十両はゆずれないと」

「太え了見だな。どうせ勝てもしねえくせに」

「あっし一人じゃ、信長さまを止めることはできねえと思いますが、どうしますか」

「いいよ、三十両くれてやれ。お前にも同じだけ出してやる」

友貞の秘策とは、喜兵次と勝蔵に信長の進路をそれとなく妨害させることである。そのためなら銭を惜しんではいられなかった。


港のまわりにはぐるりと桟敷《さじき》が巡らされ、夕方になるにつれて人が集まり始めた。尾張でも指折りの華やかな祭りだけに、毎年一万人ちかくが集まる。

今年も水練くらべに信長が出るとあって、例年より見物客が多いようだった。

薄暮《はくぼ》になりかがり火が灯《とも》されるようになると、中央の一段高くなった桟敷に尾張守護である斯波義銀《しばよしかね》の一行が入ってきた。

二十歳になる血気盛んな若者だが、政治の実権は守護代の信長に握られている。こうした儀礼の場で主君として祭り上げられるだけの存在に甘んじていることに、長じるにつれて不満をつのらせていた。

従うのは義銀の正室九条《くじょう》の方と、弟の義冬《よしふゆ》、家老の簗田弥次右衛門《やなだやじえもん》、それに近習の吉良左馬助《きらさまのすけ》だった。

一行が席に着き酒宴が始まるのを待って、友貞はいち早く挨拶に参上した。

「お館さま、服部左京進でございます。ご拝顔の栄に浴し、恐悦至極に存じます」

公家好みの義銀に合わせて左京進を名乗り、献上の品を差し出した。

木箱に入れた黄金百両だった。

それを左馬助が確かめ、義銀に取り次いだ。

「左京進、大儀である」

義銀が盃を回すように申し付けた。

左馬助がそれを友貞に渡し、黒漆をぬった柄杓《ひしやく》で酒を注ぐ。

こうした格式張ったところは、室町幕府の三管領《かんれい》家のひとつである斯波家ならではである。

十五代目となる義銀は、その格式を厳重に守ることで自分が特別の存在であることを示そうとしているのだった。

「かたじけのうございます。謹《つつ》しんで頂戴いたします」

友貞は作法通り盃を両手で目の高さまで上げて一礼した。

今でこそ一向一揆に加わっているが、服部家は伊勢の北畠《きたばたけ》家に仕えていた由緒正しい地侍である。武士としての礼儀作法もひと通り身につけていた。

「左京進、今年も水練くらべに出るそうじゃな」

義銀が機嫌良くたずねた。

「ははっ」

「どうじゃ。勝てそうか」

「二の江の名誉にかけて、力を尽くす所存でございます」

「楽しみにしておる。あの上総介《かずさのすけ》を……」

打ち負かしてくれと言おうとしたのだろう。だが当の本人が現われたために、義銀はあわてて口をつぐんだ。

信長は去年のような傾《かぶ》いた形《なり》はしていなかった。紺色の大紋を上品に着こなし、烏帽子《えぼし》をりりしくかぶっている。

腰には脇差しをたばさんだだけで、薄水色の小袖をまとった美しい娘を連れていた。

（あれは、もしや）

絶世の美女と評判のお市《いち》の方ではないか。友貞はそう思ったが、平伏したままなので確かめることはできなかった。

「武衛《ぶえい》さま、ご出座大儀にございます。今日は妹の市を連れて参りました」

信長はお市を義銀の横に座らせ、酌《しゃく》をするように申し付けた。

礼法や格式にはずれたやり方だが、義銀は断りきれずに盃を差し出した。

信長も一杯だけ相伴《しょうばん》すると、お市を残したままさっさとどこかへ立ち去った。

友貞など道端の石ころのように無視していた。

（あの野郎）

明日こそ目にもの見せてやると、友貞は信長の後ろ姿をにらみつけた。

歳は二十六。友貞よりひとつ下である。体もすらりとやせていて、背もそれほど高くはない。

友貞の方がひと回り大きく、筋骨隆々たる体付きをしているが、昨年の水練くらべではあっけなく負けた。

岸まで半町ばかりのところまでは友貞が先頭だったが、岸に近付くにつれて返してくる波があって、甲冑をつけ母衣《ほろ》を背負ったままでは泳ぎにくくなった。

竹の籠《かご》に布を張った母衣は浮き袋の代わりにもなるので、川を泳いでいる時は楽だったが、返し波に押しもどされてうまく進めなくなったのである。

その時、水の中を黒い影がよぎった。

鮫《さめ》かと見まがうばかりの大きさと速さだったが、しばらくして水中から姿を現わしたのは信長だった。

何と母衣をはずし、甲冑を着たまま水にもぐって友貞を抜き去ったのである。

誰にも真似のできない、あまりに見事な逆転だった。

港の船入りには、双胴船の上に屋形を乗せ、提灯でかざり立てた五艘の巻藁船が勢揃いしていた。

屋形に立てた真柱《まばしら》に、一年の月数と同じ十二個の提灯を縦にならべている。

その下には坊主と呼ばれる半球形の巻藁をおき、長さ一丈（約三メートル）の竹竿を一年の日数と同じだけ差し、その先に提灯をつける。

屋形の前方には一ヵ月の日数の三十個の提灯をかざるので、一艘の船につけた提灯は優に四百個をこえている。

やがてあたりが闇の帳《とばり》に閉ざされると、提灯に火が灯された。

津島はろうそくの産地である。

職人たちが丹精込めて作った名品は、明るく持ちがいい。

巻藁船は巨大な光の塔となり、水面《みなも》にその姿を映しながら、囃《はや》し方の笛の音とともに天王川へと漕ぎ出していく。

友貞はその光景をながめながら、戦で死んだ父を水葬に付した日のことを思い出した。

仏舎利塔《ぶっしゃりとう》のような形に輝き、水面に光の尾を引きながら進む巻藁船は美しく幻想的で、力の限り生きた者たちが、黄泉の国へと旅立っていくようだった。

翌朝早く、川下のお旅所で一夜を過ごした船は、山車を乗せた車楽船《だんじりぶね》に姿を変え、市江の船に先導されてもどってきた。

屋形の上には能舞台に見立てた大屋台と小屋台があり、シテ、ワキの二体の能人形がかざってある。

屋形の中段には笛と鼓の奏者が乗り、能の曲をかなでている。

一夜のうちに早変わりするのは、津島神社の祭神であるスサノオが黄泉の国へ行き、疫病を祓《はら》う霊力を身につけて復活したことを表わしていた。

その船がやって来るまでの間に、水練くらべがおこなわれた。

木曽川の対岸につけた二艘の船に、甲冑を着て母衣をつけた十人が乗り込み、川の中ほどから港の岸まで水練の技を競い合う。

信長と四人の家臣は赤い甲冑に赤母衣をつけて上流の船に、友貞、喜兵次、勝蔵ら木曽川河口の村々から選ばれた者は、黒い甲冑に黒母衣をつけて下流の船に乗っている。

「これから船を出し、川の中ほどで横に並べ申す。太鼓が二つ鳴ったなら、泳ぎ始めていただきたい。それより早く飛び込んだ御仁は失格でござる」

行司役の者が律儀に説明し、水夫たちが艪をこぎ出した。

広々とした川の流れは、満潮の上げ潮に押し上げられて止まっている。自然が織りなすその間《あわい》を、船はゆっくりと進んでいった。

友貞は鎧兜《よろいかぶと》の紐にゆるみがないか、もう一度確かめた。全員そろいの甲冑を着込んでいるのは、同じ条件で公平に勝負するためである。

大柄の友貞には頭成《ずなり》の兜が少し窮屈だが、これくらいは良しとしなければならなかった。

友貞はさりげなく喜兵次と勝蔵に目を向け、

（いいか。分っているだろうな）

そう念押しした。

やがて二艘の船が上流から下流に向けて一直線にならべられた。

「それではご出陣でござる。そうれ」

ドン、ドンと太鼓が打ち鳴らされ、十人がいっせいに川に飛び込んだ。

四貫（約十五キロ）ちかい甲冑はさすがに重く、水の中にずしりと沈み込むが、母衣が何とか体を支えてくれる。

友貞はいち早く体を水平にして、片抜手で泳ぎ出した。

体を横にして右手を真っ直ぐに突き出し、左手と足の推進力だけで泳ぐ。母衣がかすかに水につくように左肩の方に引き上げ、浮力に頼らないようにして泳いでいく。

そうしなければ母衣が水の抵抗を受けて泳ぎの邪魔《じゃま》をするし、母衣が濡れて休みたい時に浮き袋の役目をはたさなくなるからである。

友貞は先行、逃げきりと決めていた。

初めから全力で飛ばし、力のつづく限り泳ぎつづける。

喜兵次と勝蔵はその後ろにつき、港に入って水路が狭くなったところで、後ろから追ってくる信長の進路を妨害する。その間に逃げきる作戦だった。

友貞は思惑通り先頭に立ち、顔を上げて後ろを見た。喜兵次も勝蔵も打ち合わせ通りに後ろにつけている。

赤い甲冑をつけた信長も、二人の後ろを悠然と泳いでいた。

（あの野郎……）

友貞の頭にカッと血がのぼったが、短気は禁物である。

冷静に力の配分を考え、片抜手をつづけていった。

昨年と同じように、友貞は先頭で港に入った。

入船と出船が衝突しないように、港の真ん中には分離帯がもうけてある。

片側の幅は二十間（約三十六メートル）ばかりしかないので、母衣をつけたまま前の者を抜こうとすれば進路を妨害されやすい。

まして二番手、三番手につけている喜兵次と勝蔵は、そのために友貞から雇われているので、右に左に進路を変えて信長が前に出られないようにした。

（これで勝った）

友貞がざまあみろと後ろをふり返った時、信じられないことが起こった。

岸まであと一町（約百十メートル）ちかくもあるのに、信長が母衣を引きはずし、二人を抜くため水にもぐったのである。

（な、何だと……）

そんな手前で母衣をはずせば、溺れ死ぬおそれがある。しかも甲冑をつけたままもぐるのは、至難の業だった。

だが信長の姿は水の中に消え、しばらくすると十間ばかり後ろにぷかりと浮き上がった。

赤い頭成の兜をかぶり、端正で涼しげな顔をして、息を乱した様子もない。

（怪物か、こいつは）

友貞は横向きの片抜手から、うつぶした格好の双抜手に泳ぎを変えた。

そうして両手を力の限り動かし、大抜手、早抜手を切って一刻も早く岸に着こうとした。

まわりの桟敷から大歓声が上がり、勝負の行方を見守っている。その声が圧力となって背中にのしかかってくる。

声援の多くは信長へのもので、友貞は敵役になったようなものだ。

（畜生が。負けてたまるか）

意地だけは燃えさかるが、すでに息は上がり、水をかく手足が重くなっている。甲冑をつけているのでなおさら辛い。

しかも去年手こずった岸からの返し波が来るあたりにさしかかっていた。

友貞はちらりと後ろを見た。

五間ばかり後ろに迫った信長が、水にもぐった。

自分もここでもぐらなければ、去年と同じ負けをくり返すことになるが、そのためには命綱と言うべき母衣をはずさなければならない。

そうして岸まであと半町、泳ぎきれるかどうか自信がなかった。

（畜生、あの野郎）

友貞は母衣をはずして信長の前にもぐり込んだ。

死んでも構わねえ。こいつにだけは負けてたまるか。その一心で水をかいた。

息が上がっているので、とてつもなく苦しい。心臓は激しく鼓動《こどう》を打ち、こめかみの血管は引きちぎれそうだ。

苦しみのあまり意識が遠のき、視界が薄桃色に染っていく。それでも最後の力をふり絞って手足をもがいていると、右手の先が固いものに当たった。

岸に造られた雁木《がんぎ》である。信長より先に泳ぎ着いたのだ。

（勝った。勝ったんだ）

友貞はほっとしたとたんに気を失い、岸にいた者に二人がかりで引き上げられた。

二

九月になり空が高くなった。

青く澄みわたった空に薄いいわし雲が浮いている。まるで群をなして川を逆上《さかのぼ》る鯏《うぐい》のようだった。

友貞は鯏浦の港で、関東へ向かう船の積荷を改めていた。

三艘には収穫を終えたばかりの米を積んでいる。今年は関東は不作のようで、相模の北条《ほうじょう》家が大量に米を買い込んだのである。

他の三艘は瀬戸の陶器を積んでいる。

瀬戸は焼物の産地で、瀬戸物という言葉を生んだほどだ。

そのうち一艘には壺が積み込んであるが、中には紀州の雑賀《さいか》から仕入れた硝石《しょうせき》や鉛を入れていた。

「いいか。他の五艘はともかく、この船だけは絶対に沈めちゃならねえ」

何としてでも相模の港まで運べと、友貞は船頭に厳命した。

「分っております。日和もいいようだし、三日もあれば着けるでしょう」

腕利きの船頭が、熊野灘にくらべれば遠州灘のからっ風など尼ッ子の屁のようなものだと笑った。

春から夏にかけては紀伊半島をまわって大坂方面に出かけているが、西風が吹くようになったので関東方面にしか行けないのだった。

鯏浦は木曽川の河口に横たわっていた。

この頃の木曽川は一の宮から津島を通り、現在の日光川のあたりを流れて伊勢湾にそそいでいた。その河口に中洲のようにして出来たのが鯏浦である。

島の港を二の江と呼ぶのは、さらに上流に近いところにある市江（一の江）と並び、伊勢湾海運と木曽川水運を結ぶ重要な港だからである。

ちなみに伊勢長島にある杉江は過ぎ江、木曽川本流の河口から少し過ぎた所にあることからつけられた名前だと言われている。

今でこそ埋め立てが進んでいるが、この頃にはいくつもの中洲や島があり、船を住処《すみか》とする水上生活者が数多くいて、海運や水運、漁労《ぎょろう》に従事していた。

鯏浦に住む友貞は、そうした者たちを束ねる棟梁の一人だった。

土地も持たず定住もしないために、こうした者たちは農業民から「渡り」と呼ばれ、長い間差別的な扱いを受けてきた。

ところが大永年間（一五二一～一五二八）頃から、日本は高度経済成長時代を迎え、貨幣や商品の流通量が飛躍的に伸びるようになった。

そのきっかけとなったのは、大永六年（一五二六）に石見銀山が開発され、産出した銀が海外に輸出されるようになったことだ。

その見返りとして大量の商品が輸入されるようになり、国内の商品生産や消費も盛んになって、商業や流通にたずさわる者の方が農業民より経済的に優位に立つようになった。

これが日本社会に二つの大きな変化をもたらすことになる。

ひとつは農業を基盤にしていた室町幕府の守護大名が没落し、商業、流通業を掌握した戦国大名が台頭してきたこと。

もうひとつは農業民を中心とした支配体制が崩れ、非農業民の地位と発言力が強まったことだ。

前者の代表が織田信長であり、後者の代表が堺や博多の豪商たち、それに服部友貞のような階層の者たちである。

中でも伊勢湾は東日本と西日本を結ぶ要地に位置しているので、変化の度合いも大きいのだった。

天王祭で信長との勝負に勝ったために、友貞の地位も評判も大きく上がっていた。

「あの信長さまに、勝った大将だがや」

まわりの者たちは畏敬《いけい》と羨望《せんぼう》の眼差しを向けてくる。

その噂は伊勢、尾張の一向一揆の中心である杉江の願証寺にも伝わり、門跡さまから直々に招かれたほどだった。

今までは鯏浦の棟梁としか見られていなかったが、今では一揆衆の三頭の一人に数えられ、五千ばかりの一揆勢を動かせるようになっていた。

信長に勝ったことを一番喜んでくれたのは、友貞の老母だった。

これまでは何かと口うるさかった母が、

「これで父親の仇を取ったんだ。あの人も喜んでくれているよ」

父の位牌の前で手を合わせ、涙を流しながら何度も礼を言った。

父は清洲城主の織田信友《のぶとも》に仕えていた。

信友の重臣の一人で、友貞の元服に際しては友の一字をいただくほど近い関係だった。

ところが信友は何を思ったか、五年前の天文二十三年（一五五四）に主君の斯波義統《よしむね》を謀殺した。この時、川遊びに出ていた義統の嫡男義銀は、信長を頼って那古野《なごや》城に駆け込んだ。

信長はさっそく義統の仇を討つために清洲城を攻め、安食《あじき》の戦いに勝って義銀を斯波家の当主として擁立し、自分が清洲城主となって尾張下四郡の実権を握った。

友貞の父は信友方として安食の戦いに出陣し、信長勢に敗れて重傷を負った。

家臣に助けられて鯏浦までもどってきたが、その翌日に息を引き取り、水葬にされたのである。

友貞が信長に強い対抗意識を持つようになったのは、息を引き取る前の父の無念の表情が脳裡に焼きついているからだった。

九月十三日は後の月である。

八月十五日の中秋の名月の後に来る十三夜。月の見頃で、鯏浦ではどの家も栗や大豆を供えて夜を待つ。

海の民はひときわ月を大事にする。夜の大海原では月の明りがすべてを照らしてくれるし、道標となる北極星をかき消すこともない。

潮の満ち干きも月齢に関係しているし、十五夜の日が大潮だということも経験的に知っている。

友貞は配下たちとの酒宴を終え、一人窓辺にたたずんで月をながめていた。

暗い海に月が映り、波に揺られて光がきらめいている。それは川面に映る巻藁船の明りのようだった。

(織田信長か……)

友貞はあの時の勝負を時々思い出す。

まだ三月前なのに、遠い昔のことのようだった。

「お前さま、ここに置いておきますね」

女房のお春《はる》が水を運んできた。

腹には二人目の子を宿していた。

「俺のことはいい。先に休んでくれ」

お前もおふくろの世話で大変だからと、友貞はお春をねぎらった。

今夜は妙に目が冴《さ》えている。生酔いのせいか、あるいは遠い彼方から潮が満ちてくる予感があるからか……。

このままでは駄目だ。もっと大きなものに向かって船を漕ぎ出さなければ。そんな焦《しょう》燥《そう》さえ覚えるのは、時代が大きく変わりつつあると感じているせいかもしれなかった。

翌朝、港で騒ぎが起こった。

物見櫓で半鐘《はんしょう》が打ち鳴らされ、大勢が集まって東の方をながめている。

沖に目をやると、大型の船が島に向かって真っ直ぐに接近しつつあった。

「どこの船だ。あれは」

友貞は配下にたずねた。

「分りません。旗も立てていないし、見たこともねえんで」

あれは白木の新造船だ。船屋形を持ち、左右の艪《ろ》棚《だな》では二十人ちかくが艪を漕いでいる。

友貞らが使う小早船とは比べものにならない大きさだった。

「敵かもしれぬ。戦仕度にかかれ」

友貞の命に従って半鐘が早打ちに変わり、戦闘準備を告げた。

二百人ちかい屈強な男たちが胴丸を着込み弓を持ち、火矢の仕度をととのえ、港のまわりの持ち場についた。

その時、突然沖の船から銃声が上がった。

鉄砲の五連射が一度、そして間髪いれずにもう一度。

これには荒らくれぞろいの配下たちも肝《きも》をつぶし、土塁や石垣の陰に逃げ込んだ。

「慌《あわ》てるな。空砲だ」

友貞には銃声の軽さでそうだと分った。

鉄砲を使ったことはないが、雑賀の一揆仲間が撃つところを見たことがあった。

大型船は悠然と近付いてくる。その舳先には緋色の陣羽織を着た信長と、大柄の武士が立っていた。

「服部左京進どのの御意を得たい。入港を許されよ」

大柄の武士が胴間声で叫んだ。

「面白い。迎えに出てやれ」

友貞は艀《はしけ》を出し、船を先導するように命じた。

港の側に陣幕を引き、床几を出して対面する仕度をととのえた。

船を栈橋につけると、信長は大柄の武士だけを従えて下りてきた。織田家の侍大将である柴田勝家《しばたかついえ》だとは、猛々しい髭で分った。

「左京進、祭り以来だな」

信長は遠慮もせず床几に腰をかけ、そちも座れと言った。

ここは俺の縄張りだと、教えてやりたいような我物顔だった。

「あの時はしてやられた。見事な策略だ」

「信長さまの泳ぎっぷりも、見事でございました」

「手下どもの動きもたいしたものだ。鉄砲の音には慌てたようだが」

「空砲だと分っておりました。配下が物陰に伏せたのは、日頃の訓練《くんれん》に従ったからでございます」

せめてそれくらいは言わずにいられなかった。

「俺の家来にならぬか」

「えっ」

「織田水軍を作る。その大将を引き受けてくれ」

拠点は津島湊におくがよい。経費は津料（港湾利用税）と関銭（関税）でまかなうゆえ、配下は何人になっても構わない。

この新造船もお前にやると、信長は気前が良かった。

「これは安宅《あたけ》船というものだ。海戦の時には大将船とするがよい」

「どうして、それがしを」

そこまで見込んでくれたのか、友貞には分らなかった。

「お前があそこで母衣を捨てたからだ。それがどれほど度胸のいることか、俺は知っている」

「……………」

「今の世は腐っておる。度胸と覚悟のある者が、それを変えるのだ。その戦いに、俺と一緒に加わってくれ」

これは手みやげだと陣羽織を渡し、信長は颯爽《さっそう》と去っていった。

友貞は雷にでも打たれたように棒立ちになり、港を出る安宅船をいつまでも見送っていた。


感動とも驚嘆とも言い難い感情はしばらくつづいた。

あの信長がそこまで自分を見込んでくれたかと、しばらくは雲の上を歩いている気分だった。

ようやく冷静さを取りもどしたのは、十日ほどたってからである。

確かに織田家は直属の水軍を持たないのだから、信長が自分を必要としていることはよく分る。しかも津島湊を任せ、新造の安宅船を与えるという。

これぞと見込んだ者は、身分や家柄にとらわれずに採用する。いかにも信長らしいやり方で、織田家に多くの傑物が集まっているのも良く分る。

(俺も奴らのような働きをして、華々しく名を売るか)

そんな野望に誘われることもあるが、友貞には踏み切れない理由があった。

信長の独善と強引さが性に合わないのである。

あんな男に仕えたなら気持の安まる暇《ひま》がないだろうし、老いた母が父親の仇に屈するのかと嘆くだろう。

(それに商いにも、差し障りが出てくるしな)

友貞は頭の中で算盤《そろばん》をはじいてみた。

鯏浦の者たちは伊勢湾を中心とした交易によって身を立てている。

その中でもっとも大きな利益を生むのは、伊勢湾から紀伊半島を回り、大坂湾まで往復して荷を運ぶことだ。

紀伊半島の潮岬《しおのみさき》沖には黒潮が流れているので、風を読みちがえれば沖に迷い出、黒潮に流されて生きてはもどれぬことになる。

だが「渡り」の異名を持つ海の民は、この問題を地乗り航法によって克服し、伊勢湾と大坂湾を結ぶ航路を確立していた。

それは大坂本願寺を大本山と仰ぐ、一向一揆のつながりがあって初めて可能なのである。

地乗り航法は陸地に近い所を這うように船を進め、いくつもの港に寄港しなければならないが、その港を使わせてもらえるのも一向一揆のつながりがあるからだ。

友貞らが扱う積荷でもっとも高価なのは、南蛮貿易によって泉州堺や紀州雑賀に入ってきた品々。その中でも火薬の原料である硝石と、弾の材料である鉛は、鉄砲が普及《ふきゅう》するにつれてひときわ高値で売り買いされるようになった。

そうした品を扱わせてもらえるのも、一向一揆に加わっているからである。

信長に仕えたなら一揆に留まっていられなくなる恐れもあるので、友貞としても慎重にならざるを得ないのだった。

返事をしぶっているうちに海は冬の荒波に閉ざされ、永禄三年（一五六〇）の年が明けた。

友貞はまだ迷っていたが、一方の信長は友貞などに関わっていられる状況ではなくなっていた。

駿河、遠江、三河を領し「三州の太守」と呼ばれる今川義元《いまがわよしもと》が、尾張への侵攻を目ざして圧力を強めていたからである。

もともと那古野城と熱田港は、今川家の勢力下にあった。それを信長の父信秀《のぶひで》が策略《さくりゃく》によって奪い取った。

それ以来織田と今川は西三河を舞台として戦いをくり返してきたが、義元は大高城や鳴海城を調略によって手に入れ、信長を討つために一気に尾張に攻め込もうとしていた。

これに対して信長は、丸根砦や鷲津砦、善照寺砦などに兵を入れて国境《くにざかい》の守りを固めている。そんな噂が鯏浦にも伝わってきた。

二月末になって清洲城から使者が来た。

斯波義銀の近習をつとめている吉良左馬助で、お館さまがお召しなので同行願いたいと辞を低くした。

「何のご用かな」

「それがしは、使いを申し付けられただけでござるゆえ」

内容は分らないが、義銀が友貞をたいそう頼りにしているという。

友貞はいぶかりながらも、杉江の喜兵次ら腕利きの五人を従えて迎えの小早船に乗り込んだ。

向かった先は津島湊だった。

湊のまわりに植えられた桜の並木が満開で、花の隧道《ずいどう》になっている。その道を通って案内されたのは、湊でも一番の船宿である堀田屋だった。

喜兵次らは下で待たされ、友貞だけが二階の奥まった部屋に案内された。

待っていたのは身元を隠すために覆面《ふくめん》をした斯波義冬。義銀の弟だった。

「事情があって兄は来られぬが、私の言葉は兄の意志だと心得てもらいたい」

いきなり高飛車に出て、これから聞いたことは他言せぬと金打《きんちょう》をして誓えと迫ってきた。

「むろん、他言はいたしませぬ」

友貞は刀身を笄《こうがい》で叩いて金打をした。

「兄は今川義元公と結び、信長を成敗することになされた。その理由は、父義統の謀殺を仕組んだのが信長だと分ったからだ」

そのいきさつは次のようなものだった。

六年前、義統は清洲城で織田信友と坂井《さかい》大膳《だいぜん》に謀殺された。

その日義銀は簗田弥次右衛門と川遊びに出て難を逃れ、急を聞くなり那古野城の信長のもとに駆け込んで保護を求めた。

そこで信長は義銀を奉じて清洲城を攻め落とし、やがて信友を殺して守護代の地位を手に入れた。

世間はそう信じているが、実はこれは初めから信長が仕組んだことだったという。

「信長は簗田を身方に引き入れ、父を殺して兄を擁立するように信友と大膳に持ちかけさせた。そうすれば斯波家は二人の意のままにできるとそそのかしたのだ」

謀殺の間義銀を連れて城を出ていた簗田は、事が成った後にはもどると二人に約束していたが、そのまま那古野城に駆け込んだ。

これを待ち構えていた信長は、清洲城を急襲して信友らを滅ぼしたのである。

「すべては信長と簗田が仕組んだことだ。そして二人とも忠臣のふりをして、兄を意のままに操るようになった」

「それはまことでございましょうか。どうしてそんなことが」

分ったのかと、友貞は念を押した。

もしそれが本当なら、父は信長の謀略によって殺されたも同じだった。

「事件の後、坂井大膳は今川公を頼って駿河に逃れた。このほど今川公が尾張を攻められると聞き、事の真相を訴え、先陣に加えてもらいたいと願い出たのだ」

だから絶対に間違いはないと、義冬は頭巾からのぞく目を怒りにうるませた。

三

それから二回、友貞は堀田屋で義冬に会った。

五日後に一回、さらに五日後にもう一回。その間信長側に寝返らないか、反応を見極めていたらしい。

三回目に会った時、義冬は、

「こうして来てくれたのは、我らに従うということだろうな」

頭巾をつけたままで返答を迫った。

「おおせの通りでございます」

友貞は初めて話を聞いた時から肚《はら》をすえていた。

父の討死が信長の罠によるものなら、その借りはきっちりと返さなければならない。

損得抜きにそう感じていた。

「ならば事が成るまで、人質を出してもらわなければならぬ」

そちには年老いた母と三歳になる息子がいるなと、義冬は暗に二人を差し出すように求めた。

「事が成るまでとは、いつまででございましょうか」

「信長を討ち果たすまでだ。あと二ヵ月もかかるまい」

「二人の身に危害がおよぶことは、ないのでございましょうね」

「この宿で物見遊山でもしながら過ごしてもらえばよい。そちが裏切らぬかぎり、危ないことは何もない」

「分りました。お任せいたします」

友貞は金打をして二人を人質に差し出すことを誓った。

「ならば計略を伝えよう。今川義元公は鳴海城に岡部元信《おかべもとのぶ》の軍勢二千、大高城に鵜殿長《うどのなが》照《てる》の軍勢二千を入れておられる」

義冬が絵図を広げて状況を説明した。

鳴海城は天白川の河口近く、大高城は知多半島北端の伊勢湾ぞいに位置している。

これに対して信長は、鳴海城に備えるために善照寺砦や丹下砦、大高城に備えるために鷲津砦、丸根砦をきずき、それぞれ五百ずつの兵を入れていた。

この局面だけでも四千対二千という兵力差があるが、義元は一気に結着をつけるために二万五千の軍勢をひきいて尾張に侵攻するという。

「二万五千、でございますか」

「そうじゃ。そのうち五千の先発隊は、織田方の砦を攻め落とし、大高城と鳴海城に入って本隊の到着を待つ」

そうして本隊のうち一万は東海道を通って鳴海城に向かい、残りの一万は桶狭間道を通って大高城に向かう。

「今川公がどちらの城に入られるかは、秘中の秘じゃ。おそらくどちらにも向かえる位置にしばらくとどまり、戦況を見て進路を決められるであろう。信長はこれを防ごうとして天白川まで出陣するか、清洲に籠城して守りを固めようとするはずじゃ。そこでそちの力が必要となる」

「それがしの力とおおせられると」

「船じゃ。一揆衆の船をまとめて大高城の海縁まで寄せ、今川勢を庄内川の港まで運んでもらいたい」

「それは、いかほど」

「一万くらいは渡したいと今川公はおおせじゃ。その軍勢と斯波家の軍勢が合流し、信長勢の背後をつく」

「い、一万……」

一艘に十人を乗せたとしても、一千艘の船が必要である。

友貞にとっては難問だった。

どれだけ頑張っても、自分の力で集められる船は三百がいいところだ。これを一千にするには、市江や杉江など、すべての一揆衆の協力を得る必要がある。

ところが織田信長を滅ぼすためだとは言えない。その計略が信長に知られたなら、斯波義銀らはたちどころに殺されるだろう。

(そうと知られず、船を集める方法はないか)

闇夜に道をさがすように思案をつづけて数日経った頃、配下の一人が知多水軍の船と争い、積荷を奪われるという事件が起きた。

近頃海運が盛んになり、水野《みずの》信元《のぶもと》配下の知多水軍や、伊勢、志摩の海賊衆との縄張り争いが激しくなっているのだった。

「これだ、これだ。この手があった」

友貞は天啓《てんけい》のようなひらめきを得て、杉江の喜兵次と市江の勝蔵を呼んだ。

「至急相談したいことがある。杉江と市江の頭を呼んでくれ」

二人の頭はすぐにやってきた。

杉江の平野《ひらの》政兼《まさかね》、市江の大橋市之介《おおはしいちのすけ》。

二人とも津島神社にゆかりの深い地侍で、友貞とともに一揆の三頭に任じられていた。

「各々方《おのおの》もご存じでございましょう。それがしの配下が知多の水軍に言いがかりをつけられ、荷を奪われ申した」

友貞は威厳を示そうと肩ひじを張り、近頃一揆の船が水野家や伊勢、志摩の奴らになめられていると言った。

これでは願証寺のご門跡さまにも申し訳がないし、この先の商いにも差し障りが出る。

「それゆえ我らの力を示し、二度と手出しができないようにしておかねばなるまいと存じます」

「どうやって力を示すつもりじゃ」

政兼は僧形である。

三人の中では筆頭格で、ご門跡の側近をつとめていた。

「海上に船を並べ、伊勢湾をぐるりとひと回りするのです。知多半島から鳥羽のあたりまで足を伸ばし、我らの力を見せつけてやりましょう」

「しかし、そんなことをすれば事を荒立てるだけであろう」

「祭りにすれば問題はありません。蓮如上人さまの遺徳《いとく》を偲ぶ祭りをおこない、ご門跡さまの前で船揃えをすれば、お喜びになるはずです」

「それは難しゅうございますな。その頃は大本山詣《もう》でが盛んな時期で、皆が忙しゅうしておりますよって」

市之介が異をとなえた。

大本山とは大坂本願寺のことである。そこに詣でるのが、紀伊半島を回って交易をする名分となっていた。

「大本山詣での前の、景気づけにもなるではありませんか」

「そんな無駄なことをする暇があるんやったら、一日でも早《は》よう大本山に行った方がようおます。南蛮渡来の品々の競《せ》売《り》もありますよってな」

摂津での暮らしが長い市之介は、すっかり商人風になっていた。

「無駄なことではござらぬ。伊勢湾を誰が牛耳るかの問題がかかっており申す」

友貞は思わず武張った言い方をした。

「そんなら二の江さんが日銭を出してくれはりますか」

「日銭？　何の日銭でござろうか」

「一日船を出す手間賃でおます。そうやな、一艘あたり銭一貫が相場でしょうか」

「承知いたした。祭りの祝儀と思えば安いものじゃ」

友貞は意地になって引き受けた。

千艘で一千貫（約八千万円）。

二の江の収入の三年分にあたるが、これで計略が成功するなら安いものだった。


五月十二日、今川義元は二万五千の大軍をひきいて駿府城を発った。

十三日に掛川、十四日に曳馬（浜松）、十五日に吉田、十六日に岡崎、そして十七日に池鯉鮒《ちりふ》（知立）の城に宿営し、尾張との国境に迫った。

池鯉鮒から鳴海城までは二里三十町（約十一・一キロ）の距離だった。

十八日の夕方、友貞はすべての仕度を終えていた。

市江、二の江、杉江には、一揆衆の船一千余が集まり、明朝の出港を待っている。

願証寺からも御座船を出してもらい、平野政兼がご門跡の代理として乗り込むことになっていたが、これは友貞が寺に二百貫を寄進したために実現したことだった。

（まあ見ておけ。今に全部まとめて取り返してやる）

信長を討ちはたしたなら、津島湊と津島村周辺の二十ヵ村、一万石の土地を与えると、斯波義銀からお墨付きを得ている。

この約束と作戦の成功に、友貞はすべてを賭けていた。

翌十九日は晴天だった。空は雲ひとつなく晴れ渡り、海はおだやかに凪いでいる。

この季節には珍らしく西からの風が吹いているのが妙だと思ったが、大高城に向かうには追い風だった。

今川本隊は十九日の巳の刻（午前十時）に大高城に到着する予定だという。

これに間に合わせるために、辰の刻（午前八時）に全船に出港を命じた。

伊勢湾を横切るのに半刻（一時間）、船を城の間近につなぎ留めるのに半刻かかると見てのことだ。

先頭を友貞がひきいる二の江の船三百、真ん中を御座船をいただいた杉江の船四百、そして殿軍《しんがり》を市江の船三百がつとめている。

すべての船が南無阿弥陀仏と大書した旗を立て、風に勇ましくなびかせていた。

「信長は卯の刻に清洲城を出陣いたしました。手勢は一千ばかりでございます」

義冬の手の者が、庄内川の沖で船を寄せて告げた。

（たった一千で、二万五千の敵とどうやって戦うつもりだ）

まるで狂気の沙汰だと思ったが、それが信長らしいところでもあった。

たとえこの先家臣が馳せ参じても、総勢三千にもなるまい。天白川を前に当てて迎え討とうとしても、その間に大高城から一万余の軍勢を船に乗せて清洲城まで渡すのである。

信長は主城を奪われ、前後から三万ちかい軍勢に攻められることになる。

（この戦、勝ったぞ。一万石と津島湊は俺のものだ）

友貞は心の中で快哉《かいさい》を叫びながら船を急がせた。

大高城は知多半島北端に位置し、伊勢湾に面している。

船が出入りできるように大きな船入りをもうけた海城で、本丸、二の丸、出丸、空堀などを配した広大な城には、優に三万の軍勢を収容することができた。

友貞は大高城に近い氷上姉子《ひかみあねご》神社に参拝するという口実で、船団を大高城の船入りちかくに停泊させた。

錨《いかり》を下ろし、船縁をつなぎ合わせて待つように命じ、城に上がって着到を告げた。

「服部左京進友貞、斯波義銀さまの命により、迎えの船一千艘をひきつれて参上いたしました」

「御苦労であった。もうじき太守さまもご到着なされよう」

応対に出たのは鵜殿長照である。

三河の上ノ郷城（蒲郡市）の城主で、大高城の守備役をつとめていた。

側にいる胴長の若者は、松平元康《まつだいらもとやす》（徳川家康《とくがわいえやす》）である。今川勢の先陣として、今日の未明に大高城に兵糧入れを成功させていた。

「戦況はいかがでございましょうか」

「今朝方、鷲津砦も丸根砦も攻め落とした。太守さまは有松の近くの高根山でその様子をご覧になり、桶狭間道を通ってこの城に入られる」

その方たちの出番はそれからだと、長照は初戦の勝利に気を良くしている。口が軽いのも、負けるはずがないと確信しているからだった。

「清洲城に渡す軍勢は一万ほどだと聞いておりますが」

「そのような計略かもしれぬが、信長勢は三千にも満たぬという。五千も渡してくれれば充分であろう。のう、元康どの」

「それがしには分りませぬ。太守さまが到着され、ご下知なされましょう」

駿府で人質暮らしを強いられてきた元康は、何事にも慎重だった。

友貞は船入りにもどって下知を待ったが、巳の刻が過ぎても今川本隊は到着しなかった。

どうしたのだろう。作戦に変更でもあったのだろうかと考えていると、急に頭上が厚い雲におおわれ、西からの風が強くなった。

(何やら雲行きがあやしいじゃねえか)

天候の急変に戸惑っている間に、風は真冬のように激しく吹きつけ、海上に停泊した船団を大きく揺さぶっている。

船縁をつなぎ、大きな筏《いかだ》のようになっているので、まるで海に浮いた布が波にあおられているようである。

やがて雨も降り始めた。突風に吹かれた横なぐりの雨が顔を打つ。叩かれたように痛いのは、雹《ひょう》が混じっているからだった。

風は大高城内の木をなぎ倒すほどである。

このままでは船団が危ないが、船縁を結んだ綱を切れば、互いにぶつかり合って収拾がつかないことになりかねない。

どうしたものかと気を揉んでいると、雨も風も四半刻（三十分）ほどでぴたりとやんだ。

（何だ、おどかしやがって）

友貞はほっと胸をなで下ろしたが、この突然の嵐が一万石の夢を打ち砕いたと、後で知ることになったのだった。


空が晴れた後のことを、『信長公記』は次のように記している。

〈空晴るるを御覧じ、信長鑓《やり》をおっ取《とっ》て大音声《だいおんじょう》を上げて、すはかゝれ〳〵と仰せられ、黒煙立てゝ懸るを見て、（今川勢は）水をまくるがごとく後ろへくはつと崩れたり。弓・鑓・鉄炮・のぼり・さし物、算を乱すに異ならず。

今川義元の塗輿《ぬりこし》も捨てくづれ迯《のが》れけり〉（角川ソフィア文庫）

そうして未の刻（午後二時）過ぎに信長勢は今川勢を追い詰め、ついに義元の首を取ったのである。

大高城にいた友貞には、そうしたことは分らなかった。

いったい何があったのだろう。

これでは一揆衆に申し開きができないと苛々《いらいら》しながら二刻（四時間）以上も待っていると、思いがけない男が船に飛び込んできた。

義銀の近習である吉良左馬助である。

「急ぎ、急ぎ船を出して、庄内川の港までつけて下され」

血相を変え、裏返った声で頼み込んだ。

「いったい、どうなされた。吉良どのが、どうしてここにおられるのですか」

「義元公が、信長に討たれたのでござる。詳しくは後で話すゆえ、早く」

船を出してくれと懇願《こんがん》する。

友貞は杉江と市江の一揆衆に引き上げを知らせる使者をつかわしてから、二の江の者たちに船縁を結んだ綱を解くように命じた。

先頭を市江、その後を杉江の船団が、伊勢長島に向かって引き返していく。

友貞は二の江の船団の一番後ろから船を進めた。

「拙者の伯父吉良義安《よしやす》は、今川公に従って大高城に入り、貴殿らの船で清洲城に渡るつもりでございました。そこでそれがしも大高城に出向き、伯父に同行して案内役をつとめるようにお館さまに命じられたのでございます」

左馬助は船が岸を離れると、ようやく人心地がついたようだった。

「そこで元康どのと共に、今川公の到着を待っていたのでござる。そうして先程、伯父の使いが急を知らせ申した。義元公は信長に急襲されて討ち取られ、今川勢は総崩れになって領国へ引き上げていったそうな」

「しかしどうして、三千にも満たない信長勢に、二万ちかい今川勢が負けたのでござろうか」

「鉄砲でござるよ」

「………」

「信長はいつの間にか三百挺ちかい鉄砲を買い揃え、使いこなせるように将兵を鍛え上げていたのでござる」

「そういえば」

二の江を訪ねてきた時、信長は十人の鉄砲足軽に空砲の連射をさせた。

あれは鉄砲を使いこなせるということを示すためだったのだろう。

「そして善照寺砦で出陣を待っていると、急な雨が降ってきたのでござる。信長の鉄砲隊は砦の中で雨をさけており申したが、今川勢の鉄砲は雨に濡れて使えなくなっており申した。これが勝敗を分けたのでござる」

善照寺砦から義元が本陣をおいた高根山までは、両側を小高い尾根にはさまれた細い道が、曲がりくねってつづいている。

だから二万の今川勢も横に軍勢を展開することができず、細い道を進まざるを得なかった。

つまり両勢の先頭がぶつかり合う局面では、三千たらずの信長勢と同じ人数での戦いを強いられることになった。

その戦いでは鉄砲を使えた信長勢が圧倒的に有利である。

黒煙を上げて鉄砲を撃ちかけると、今川勢は両側の山や後ろに逃げようとして大混乱におちいり、水をまくるように後方にはじき飛ばされたのだった。

「それがしはこのことを、急ぎお館さまにお知らせしなければなりませぬ。庄内川の港まで送り届けて下され」

「お館さまは、信長打倒の兵を挙げられたのではありませぬか」

「今川の援軍が着くまでは、何も気付かれぬように振舞うとおおせでございました。それゆえ早くお知らせして、今後の対応を決めなければならぬのでござる」

今ならまだ信長に気付かれずにすむ。左馬助はそう考えているようだが、友貞はちがうと思った。

信長は義銀と今川義元が通じていることを知りながら、こうした状況を作り出すためにわざと泳がせていたのである。

「簗田弥次右衛門どのはどうなされた。先代さまを謀殺した咎《とが》で、成敗なされましたか」

自分の考えが正しいかどうか確かめようと、そうたずねてみた。

「いいえ。弥次右衛門を成敗すれば、先代さまの謀殺の真相に気付いたと、信長に知らせるようなものでござる。それゆえ事が成就するまで、いつも通りに仕えさせておりましたが、昨日から行方が知れません」

そういうことなのだ。

義銀らは弥次右衛門に知られぬように事を進めたつもりだろうが、筋金入りの謀略家である弥次右衛門は、すべてを察して逐一信長に報告していた。

信長はそれをうまく利用し、今川義元を桶狭間におびき出して一撃で仕止める策を巡らしたにちがいない。

祭りの水練くらべで、信長は喜兵次や勝蔵の妨害をかわすために、岸から一町も離れた所で母衣をはずした。

そして甲冑をつけたまま川にもぐったが、あの時の姿を彷彿《ほうふつ》させる命をかけた苛烈な決断だった。

(まてよ。ということは……)

信長が水軍の大将にしてやるから家来になれと誘いに来たのは、友貞の男ぶりを見込んでのことではない。義銀らが友貞を身方に引き入れようとしていることを知って、先手を打っただけではないのか。

そう思うと猛然と腹が立ってきた。

(畜生。あんな野郎に、虚仮《こけ》にされてたまるか)

狂おしいばかりの対抗心がわき上がり、一矢報いずにはいられなくなった。

「野郎ども、このまま熱田に向かえ。金目のものを奪い取り、町を火の海にしてやろうじゃねえか」

「服部どの、そんなことより、早くお館さまにお知らせしないと」

左馬助が一刻も早くもどってくれとすがりついた。

「やかましい、このたわけが。四の五の抜かすと海に叩き込むぞ」

配下の多くは胴丸をつけている。そのまま戦える者が千五百人はいる。

信長勢が出払っている隙に熱田を襲えば、金蔵の五つや六つは奪い取り、数千貫の銭は手に入れることができるだろう。

それを一揆衆に約束した日当に当てれば良い。

友貞はそう考えたのだが、この作戦も残念ながらうまくいかなかった。

このことを知らされていた熱田の町衆は、満を持して敵の来襲にそなえていたのである。

〈爰《ここ》に河内《かわうち》二の江の坊主、うぐゐら（鯏浦）の服部左京助、義元へ手合せとして、武者舟千艘ばかり、海上は蛛の子をちらすがごとく、大高の下、黒末川口迄《まで》乗入れ候へども、別の働きなく乗帰《のりかえ》し、もどりざまに熱田の湊へ舟を寄せ、遠浅の所より下《お》立って、町口へ火を懸け候はんと仕候を、町人共よせ付けて噇《どっ》と懸《かけ》出し、数十人討取り候間、曲《きょく》なく川内へ引取り候キ〉

『信長公記』はそう伝えている。

友貞らは信長ばかりか、熱田の町人にまで策略にかけられたのである。

（畜生、あの野郎）

友貞が歯ぎしりしても、格のちがいは如何《いかん》ともし難かった。

しかし友貞は諦めない。この後も一揆衆の三頭の一人として、信長への抵抗をつづけていった。

その戦いがようやく止むのは十四年後。

天正二年（一五七四）九月に、信長が老若男女二万人を焼き殺す非情の手段を用いて、伊勢長島の一向一揆を壊滅させた時だった。

螢と水草

三好四兄弟

一

紀淡海峡は春ののどけさに満ちていた。

紀伊半島と淡路島をへだてる瀬戸で、狭いところでは三里（約十二キロ）ほどの幅しかないが、冬の間は太平洋の荒波と北からの寒風にさらされ、渡ることがままならない。

しかし春の到来とともに波も風もおさまって、薄緑色に染った海はおだやかに凪《な》いでいる。

対岸に見える金剛山地の山々も新緑におおわれ、あちらこちらで山桜も咲き始めていた。

明け方に由良《ゆら》の港を出た安宅摂津守冬康《あたぎせっつのかみふゆやす》は、二十艘の船に五百余の将兵を分乗させて岸和田城に向かっていた。

城代をつとめる松浦主膳《まつうらしゅぜん》から、内々で相談したいことがあるので、手勢をひきいてお渡りいただきたいとの要請があったからである。

「松永弾正《まつながだんじょう》の奸計について、発覚したことがございます」

主膳の使者はそう伝え、詳細については主《あるじ》とご対面の上でと口を閉ざしたのだった。

松永弾正久秀《ひさひで》は冬康の兄三好長慶《みよしながよし》の重臣として、近頃めきめきと頭角を現わしている。信貴《しぎ》山《さん》城、多聞《たもん》山《やま》城の城主となって大和一国を差配しているばかりか、京都奉行に任じられて幕府や朝廷との折衝も一手に引き受けていた。

一門や重臣たちの中には、このままでは三好家が弾正に乗っ取られると危惧する者も多いが、長慶は久秀にすべてを任せきりにし、側室にした弾正の娘の奈津とともに風流三昧の日々を送っているのだった。

（弾正の奸計、か）

冬康は舳先《へさき》に立ち、暗い目であたりの景色をながめた。

淡路一国を預かり、三好家最強の水軍を配下に持つ冬康は、長慶が畿内で窮地におちいるたびに、屈強の軍勢をひきいて救援に駆けつけた。

六歳上の兄に頼られることに、無上の喜びを感じながら海を渡ったものだが、今はそうした心の張りを失っている。

何度諫めても素行を改めない長慶に嫌気がさし、顔を合わせるのも億劫《おっくう》になっていた。

やがて波の向こうに岸和田城が姿を現わした。

泉州から紀州にかけてつづく長い砂浜の一角にきずかれた海城で、水軍の船がそのまま入城できるように海から二の丸の堀まで広い水路を通してあった。

「殿、こたびは長い滞在になるかもしれませんな」

いつの間にか菅遠江守達正《かんとおとうみのかみみちまさ》が側に立っていた。

水軍大将をつとめる初老の武士で、首には銀のロザリオをかけている。

イエズス会の宣教師から教えを受け、キリスト教に入信したのだった。

「望むところだ。弾正の奸計が事実なら、究明《きゅうめい》をとげて身中の虫をのぞかねばならぬ」

二の丸の堀には雁木《がんぎ》を組んだ船着場がある。

そこに船をつけると、松浦主膳が出迎えた。

「さっそくお越しいただき、かたじけのうございます。詳しいことをお知らせもせず、ご無礼をいたしました」

主膳はもともと岸和田城主として幕府に仕えていた。

ところが長慶が摂津、河内、和泉を勢力下におさめると、三好四兄弟の末弟である十《そ》河一存《ごうかずまさ》の次男孫八郎《まごはちろう》を養子に迎え、自らは城代となって長慶に従うようになったのだった。

「孫八郎はどうした。息災であろうな」

「数日前から風邪をひいておられまして、大事をとってお休みになっておられます」

「さようか。そなたには世話をかける」

「とんでもないことでございます。まだ元服前ゆえ、お体の芯が定まっておられぬのでございましょう」

主膳は冬康と達正を二の丸御殿に案内すると、人払いをして用件にかかった。

「弾正の不義とは、実休《じっきゅう》さまの討死に関わることでございます」

「兄者の、討死だと」

「実休さまは久米田で根来衆《ねごろしゅう》の往来右京《ゆさき》に討ち取られました」

「確かに、そう聞いておる」

「ところがその前に、実休さまを鉄砲で撃った者がいたのでございます」

「根来の鉄砲衆か」

「さよう。その者は松永弾正に雇われ、仲間二人と久米田の野にひそんで、実休さまを撃つ機会を狙っていたのでござる」

「まことか。それは……」

「まことでござる。その者は戦《いくさ》の後、五百石の知行を得て弾正に仕えるようになり申した。ところが褒美《ほうび》を一人占めしたために、これを恨んだ他の二人が当家に訴え出たのでござる」

内情を知った主膳は、ひそかに多聞山城に人をつかわし、仲間二人の協力を得て下手人を捕えた。

以前は律乗院元坊《りつじょういんげんぼう》と名乗っていたが、弾正に仕えるようになってからは渡辺多聞之介《わたなべたもんのすけ》と改めたという。

「その男は、今どこにいる」

「城の人屋《ひとや》に入れております。お会いになりますか」

「白状したのか。弾正に命じられたと」

「初めは口を割ろうとしませんでした。ところが白状したなら銀三貫文を与えて解き放つと誘ったところ」

すべてを認めて命乞いをしたと、主膳があごのたるんだ顔に勝ち誇った笑みを浮かべた。

「案内してくれ。そやつに会って話を聞きたい」

冬康は意外な知らせに鳥肌立つ思いをしながら、主膳に案内されて人屋に向かった。

実休（義賢《よしかた》）は三好四兄弟の二番目で、三好家の本貫地である阿波の支配を任されていた。

彼を中心として淡路を冬康、讃岐を十河一存が押さえ、瀬戸内海の海運を掌握していたからこそ、長慶は摂津、河内、和泉へと勢力を伸ばし、八ヵ国の太守となって将軍義《よし》輝《てる》を都から追放することが出来た。

ところが五年前、永禄元年（一五五八）に長慶は義輝と和睦し、室町御所への帰還《きかん》を許したために、大きな国難に直面することになった。

義輝は都に戻るなり、長慶から政治の実権を奪い返そうと、各方面に手を回して画策《かくさく》し始めたからである。

その計略が炸裂《さくれつ》したのは二年前のことだった。

この年三月、長慶は義輝の仲介で前管領の細川晴元《ほそかわはるもと》と和解した。

そして長慶が管領と同等の地位につき、義輝を補佐することで合意した。

この処遇に気を良くした長慶は、義輝の求めに応じて畿内の軍備を解き、四国の兵の半数を国許に帰した。

ところがこれは長慶の油断を誘うための罠だった。

七月になると近江の六角義賢《ろっかくよしかた》が突然挙兵し、五千の兵を銀閣寺の背後の勝軍山《しょうぐんやま》城に入れて洛中に攻め入る構えを見せた。

これに備えて長慶が嫡男の義興《よしおき》や実休、松永久秀らの軍勢三万を洛中に集めると、紀州に逃れていた河内守護の畠山高政《はたけやまたかまさ》が動いた。

紀州の国衆や根来寺の僧兵など一万五千を集め、南から岸和田城を攻めたのである。

この時、冬康は岸和田城の守りについていたが、手勢の半数は長慶の命令で淡路に帰していた。

しかも北と南からの陽動作戦に引っかかり、身方はいっそう手薄になっていたが、固く城門を閉ざして何とか半月の間持ちこたえた。

その間に洛中に出陣していた三好実休が、一万余の兵をひきいて救援に駆けつけた。岸和田城の一里ほど東にある久米田寺に布陣し、畠山勢が城攻めにかかったなら背後をつこうと、先備え、中備え、本陣と三段の陣を敷いた。

これでは畠山勢もうかつには動けない。

両軍は互いに相手の出方をうかがいながら半年ちかくにらみ合いをつづけ、翌年三月になって戦端を開いた。

長慶は軍勢の不足を補うために、阿波から名将篠原長房《しのはらながふさ》以下三千の軍勢を呼び寄せ、岸和田城の三の丸に布陣させた。

そして久米田の実休勢と呼応し、東西から一気に敵陣に攻めかかるように命じたのである。

この作戦は功を奏し、畠山勢は次々と打ち破られて紀州に向かって敗走を始めたが、その直後に実休の本陣で思いもかけないことが起こった。

畠山勢が敗走するのを見た先備えの三好康長《やすなが》が、勇み立って追撃を命じたために、中備えの三好政康《まさやす》の軍勢までがこれにつづき、実休の本陣はがら空きになった。

これに気付いた根来寺の往来右京は、三百ばかりの手勢をひきいて本陣に攻め込み、実休を槍で突き伏せて首を取った。

このため三好勢は総崩れになり、冬康も岸和田城を捨てて淡路島まで撤退せざるを得なくなった。

その二ヵ月後、態勢を立て直した三好勢は教興寺の戦いで畠山勢を打ち破り、岸和田城を奪い返した。

ところが実休を失った痛手はあまりに大きく、往年の勢いを取り戻すことができずにいたのだった――。

冬康は久米田での敗報を聞いた時から、不幸な行き違いが実休の死につながったと思っていた。

だが松永弾正が狙撃を命じたのが事実なら、真相は一変する。三好家の存続に関わる大事だった。

案内されたのは二の丸の北のはずれにある鬼の間だった。

人屋の隣にある詮議《せんぎ》のための部屋で、打首や切腹を命じることもあるのでこの名がつけられていた。

まわりを石垣と塀に囲まれた狭い中庭に、後ろ手に縛られた多聞之介が引き据《す》えられている。

ひげは伸び放題で、顔には拷問を受けた傷が生々しく残っていた。

「どうぞ。何なりとおたずね下され」

横に控えた主膳が、体を寄せて耳打ちした。

「安宅摂津守冬康じゃ。そちが兄上を鉄砲で撃ったと聞いた」

「さようでございます」

多聞之介の声はひどい塩辛声だった。

「松永弾正に命じられたというのはまことか」

「まことでございます」

「根来衆のそちが、どうやって弾正とつながったのじゃ」

冬康は多聞之介をひたと見据え、真実を語っているかどうか見極めようとした。

「それがしは根来で知られた鉄砲撃ちでございます。松永さまはそれを聞いて、それがしを召し出されたのでございます」

「直に会ったか。弾正と」

「いいえ。ご家中の杉谷新兵衛さまが参られました」

「そちが鉄砲撃ちの名手なら、なぜ一人でやらなかった。さすれば仲間割れすることもなかったであろう」

「おそれながら、摂津守さまは鉄砲のことをご存じないようでございますな」

多聞之介がひげにおおわれた口をゆがめ、皮肉な笑みを浮かべた。

「鉄砲撃ちは、筒持ち、弾込めを従えておくものでござる。そうしなければ一発目をはずした時に、二発目三発目を撃つことができませぬ」

「兄の本陣には、どうやって近付いた」

「杉谷新兵衛さまが手引きして下さいました」

「兄を討ち取ったのは、往来右京という者だと聞いたが」

「それがしが間近から腹を撃ち申した。その傷で動けなくなったところを、右京が討ち取ったのでございます」

「弾正がなぜ兄を裏切るのだ」

腹立ちのあまり、冬康は叩きつけるようにたずねた。

「存じません。それがしはただ腕を買われたばかりでございます」

「弾正に命じられたという証拠はあるか」

「五百石で召し抱えるという書き付けを、杉谷さまからいただき申した」

「摂津守さま、その書き付けは拙者が預かっております」

後でご披露《ひろう》申し上げましょうと、主膳が手柄顔で口をはさんだ。

書き付けは確かにあった。

杉谷新兵衛の名で「功名手柄の上は五百石の扶持《ふち》で召し抱える。このことは殿もご存じである」と記されている。

しかしこれでは功名が何を指しているのか分らないし、杉谷が松永弾正の家臣だということも明記されていない。

他に漏《も》れた場合にそなえて曖昧《あいまい》な書き方をしたのだろうが、冬康にはどうも腑に落ちなかった。

確かに弾正の専横は目にあまるが、長慶の信任厚い実休を失えば、三好家が大きな痛手を受けることは弾正も知っている。

しかも久米田の戦いが起こったのは、三好家が南北から挟撃《きょうげき》されて窮地におちいっていた時である。

いかに自分の権勢を強めるためとはいえ、主家の存続を危うくするようなことを企てるだろうかと思うのである。

(しかし、ならばこれは)

どういうことかと、冬康はもう一度書き付けに目を落とした。

弾正を追い落とすために、主膳が仕組んだことかもしれない。そんな疑いも頭をよぎったが、いまひとつ確信が持てなかった。

「そなたはどう思う」

思いあぐねて菅達正にたずねた。

「多聞之介の傷は深いものでございました。責めにかけたのは本当だと存じます」

「しかし、何のために弾正が兄者を手にかけるのだ」

「三好家を乗っ取るには、邪魔《じゃま》になると考えたのではないでしょうか」

「いくら弾正でも、そこまでするだろうか」

「ならば試してみたらどうでしょうか」

「試すとは」

「弾正の前に多聞之介を引き出して、対決させるのです」

その時の反応でおお方のことは分る。

段取りはそれがしがつけましょうと、達正は先の先まで考えていた。

二

三好実休が討ち取られた久米田から北東に半里（約二キロ）ほど離れた所に、日蓮宗妙泉寺がある。

泉州では有数の古刹で、実休は久米田に在陣していた時も足繁く通っていた。

京都頂妙寺の日珖《にっこう》上人を招き、仏道に帰依するために八斎戒《はっさいかい》をさずけてもらったほどである。

八斎戒とは不殺生戒《ふせつしょう》、不偸盗戒《ふちゅうとう》など八つの戒律を守ることを誓うものだ。実休は仏の教えに従うことで、戦国乱世を生きる苦しみから抜け出したいと願っていたのだった。

永禄六年（一五六三）三月五日、三好長慶は妙泉寺に一門や重臣たちを集め、実休の一周忌の法要をおこなった。

日珖上人を導師《どうし》として供養をおこない、実休の冥福と三好家の安泰を祈ることにしたのである。

冬康はこの日、多聞之介と松永弾正を対決させることにした。

その時にそなえ、達正らがゆかりの塔頭《たっちゅう》に多聞之介を閉じ込めている。冬康が合図をしたなら中庭に引き出し、皆の前ですべてを白状させる手筈だった。

早めに来たので、法要が始まるまでしばらく時がある。

冬康はその間に本堂裏の墓地に行き、実休の墓にお参りをした。

うっそうとした木々におおわれた墓地は昼なお暗い。

風にゆれて梢《こずえ》が鳴る音を聞きながら長い参道を歩くと、突き当たりに高さ七尺をこえる大きな五輪塔が立っていた。

これが実休の墓で、五輪には妙法蓮華経の五文字が刻まれ、下の台座には「永禄五年三月五日　實休居士　行年卌七討死」と記されている。

冬康は花とお香をたむけ、今日の企てが成功し、三好家と長慶を正しい道に引き戻せるように、一心に祈った。

長い祈りを終えて帰りかけると、すぐ後ろに松永弾正が立っていた。

花を入れた水桶を持ち、後添いとした八重《やえ》を連れていた。

弾正は五十四歳になる。

細身で背が高く、あごの尖った顔をして眼光が鋭い。薄暗がりの中では骸骨《がいこつ》が突っ立っているように見えた。

「これは失礼、人がいるとは思わなかったもので」

冬康は驚きに身をすくめた非礼をわびた。

「こちらこそ失礼いたしました。八重が花をたむけたいと申しますので」

弾正は三年前に長慶の娘である八重を妻に迎えた。

その前年には自分の娘の奈津を長慶の側室にしているので、二人は二重の縁で結びついているのだった。

「お心遣いかたじけない。今日はよろしくお願いいたす」

「こちらこそお願いします。あれから一年、早いものでございますな」

弾正は若い頃に朝廷に仕え、有職故実もわきまえている。物腰もおだやかで、本心を優雅な所作で隠す術《すべ》を身につけていた。

やがて本堂で法要が始まった。

日珖上人が侍僧二人を従えて朗々と経を読み上げ、実休の冥福を祈った後で近親者から焼香をした。

まず長慶が進み出て、実休の位牌《いはい》と向き合った。

長慶は四十二歳になる。

一時は将軍や管領を都から追放し、三好政権を打ち立てた一代の英傑も、今では政治の第一線から身を引き、すべてを松永弾正に任せきりにしていた。

（兄者……）

焼香をする長慶のあごのたるんだ横顔を、冬康は悲しく見やった。

以前は余人が及ばぬ的確な判断をして、二倍三倍の敵をやすやすと追い払ったものだ。弓にも馬術にも長《た》けて、自ら陣頭に立って身方を鼓《こ》舞《ぶ》することも多かった。

ところが今では酒色に溺れて醜く太り、近習の手を借りなければ立ち上がれないほどである。

その姿を目のあたりにし、冬康はもはや一刻の猶予もならぬと決意を新たにしたのだった。

長慶につづいて、嫡男の義興が仏前に進んだ。

摂津の芥川城を預かる二十二歳の青年武将で、若い頃の長慶によく似ている。文武両道に秀で、家臣への心配りもこまやかで誰からも好かれている。

一日も早く義興に家督をゆずるように、一門衆の多くが望んでいたが、長慶は弾正や奈津に反対されて決断を先延ばしにしているのだった。

法要を終えると、庫裏《くり》の客間でお斎《とき》の酒食がふるまわれる。

参会者をねぎらうために長慶が催すもので、こうした内々のことまで弾正が仕切っていた。

「酒宴が始まってからでは、面倒なことになりかねぬ。皆が席についた頃に、あやつを中庭に引き出してくれ」

冬康は菅達正に言い含めて客間に入った。

冬康の後から康長、政康が連れ立って入ってきた。

康長は冬康らの父である元長《もとなが》の弟。政康は康長の従弟《いとこ》である。

二人とも久米田に布陣していた時、畠山勢を深追いして実休が討たれる原因となっただけに、法要の間神妙に頭《こうべ》をたれていた。

つづいて義興と実休の嫡男長治《ながはる》、十河一存の嫡男重存《しげまさ》が、何事かを語り合いながら入ってきた。

三好家の次の世代を担う若者たちだが、長治は十一歳、重存は十五歳なので、まだ後見役がつけられていた。

最後に長慶と弾正が、奈津と八重を従えて入ってきた。

長慶は無事に法要を終えて安心したのか、満面の笑みを浮かべている。弾正はそつなく話を合わせながらも、油断なくあたりに目を配っていた。

客間の東側には中庭があり、山桜の巨木が枝を広げて満開の花をつけている。中庭に敷きつめた白砂の上に、散りはじめた花びらがそこかしこに落ちていた。

（今だ。あやつを）

中庭に引き出して来い。冬康は次の間に控えた菅達正に合図を送った。

その時、間近で銃声が上がった。

鉄砲を放つ音が一発、空気を震わせて鳴り響き、音を引いて消えていった。

誰もが一瞬身を固くしたが、次の瞬間長慶のまわりに集まり、銃撃にそなえて楯となった。

外に控えていた警固の兵が庫裏に駆け込み、中庭と西側の廊下を埋めつくして敵の襲撃にそなえた。

これではとても多聞之介を中庭に引き出すことはできない。弾正を糾問するために冬康が立てた計略は、一瞬にして崩れ去ったのだった。

冬康は四月になっても岸和田城にとどまっていた。

配下の水軍は淡路島に帰したものの、菅達正ら百名ちかくを従えて二の丸御殿に詰めていた。

実休の法要の日に起こった銃声は、松浦主膳らを狙ったものだった。

多聞之介を連れて行こうと塔頭の門を出た時、何者かが向かいの塀の上から鉄砲を撃ちかけた。

主膳らはこれをかわし、二発目をさけようと身を伏せたが、その隙に根来寺の僧衣を着た四人が多聞之介を奪い去った。

このため松永弾正の罪をただすどころか、真相を明らかにすることもできなくなった。証拠もないまま弾正の非を鳴らしても、こちらの手の内を知られるばかりなので、根来衆が主膳の命を狙ったと触れて事をおさめたのだった。

このことへの不満が冬康の胸にくすぶっている。

かくなる上は弾正の企てを暴くまでは引き下がるわけにはいかぬと、腹を据えて岸和田城に踏み留まっていたのだった。

二の丸の堀ぞいに植えた桜並木は、すでに花が散って葉桜になっている。

三年前に実休がこの城を改築し、海から船が直接入れるようにした時、石垣に囲まれた水路だけでは殺風景だからと移植した。

それが立派に根付き、翌年から花を咲かせるようになったのだった。

四月中頃になって、連歌の師匠である里村紹巴《さとむらじょうは》から使者が来た。

「殿、都の君からの便りでござる」

紹巴と冬康の仲を知っている達正が、おどけたように言って布の包みを差し出した。

中には巻物一巻と書状が入っていた。

巻物は昨年初夏に冬康と長慶、連歌師の宗養《そうよう》の三人で催した百韻連歌を書きつけたものである。

冬康はこれを紹巴に送り、批評を乞うていたのだった。

「巻子を拝見しました。どれも見事と感服いたしましたが、中でも水草と螢のやり取りが興趣《きょうしゅ》深く、お二人の心のつながりをしみじみと感じました」

紹巴が誉めてくれた句は、冬康が、

　水草を夜の花なる川辺《かわべ》哉《かな》

と詠《よ》んだのに対し、長慶が、

　螢みだるる風の青柳

と応じたものである。

二人の繊細《せんさい》な美意識が呼応したもので、この頃にはまだこうしたやり取りができていた。

あれから一年、そろそろ螢が出る頃なのに、心はもはや通じ合わなくなっている。

この歌を見るとそのことが胸に迫って、何ともいえない気持だった。

「それから先日の連歌の会で、気になることを耳にしましたのでお知らせします。松永弾正久秀どのが、公方さまの妹御と十河重存どのの縁組みを進めておられるそうでございます。公方さまも大いに乗り気で、年末までには話をまとめよとおおせだそうでございます」

連歌師は幕府や朝廷の要人と交わり、内密の話に関わることが多い。時には連歌の会にかこつけて密使もつとめるほどで、冬康もこれまで何度か紹巴からの知らせによって救われたことがある。

だが、この知らせは不可解だった。

十河重存は一存の嫡男で、飯盛山城の長慶に小姓として仕えている。ようやく元服を終えたばかりである。

その重存を将軍義輝の妹と娶《めあ》わせるとは、いったいどういうことなのか。

三好家と将軍家の結びつきを強めるためなら、長慶の嫡男義興との縁組みこそふさわしいはずではないか……。

そこまで考えて、冬康は不吉な事に思い当たった。

（まさか、弾正は……）

三好家を乗っ取り、将軍家に売り渡すつもりではないか。

嫡男義興はすでに武将としての経験も積み、赫々《かくかく》たる武功を上げて一門衆や重臣たちの信頼も厚い。

だから義興が長慶の後継者になったなら、弾正の意のままにすることはできなくなる。

そこで機会を見て義興を葬り去り、重存を長慶の養子に迎えて三好家を継がせるつもりなのだ。

その前に重存と義輝の妹の縁組みを決めておけば、重存に恩を売ることができるし、重存が三好家の後継ぎになることへの反対を封じることもできる。

（そうか、弾正は）

幕府との交渉を重ねるうちに義輝に籠絡《ろうらく》され、三好家を骨抜きにして幕府に臣従させようと企んでいる。

久米田の戦いの時に実休を狙撃させたのは、あらかじめ邪魔者を消しておくためだったのだ。

（だとすれば一存も……）

冬康の疑いはそこまで広がった。

弟の一存は鬼十河の異名を取るほどの武辺者だったが、二年前に三十歳の若さで急死した。

死因は疱瘡《とうそう》（天然痘）による病死と言われたが、あれは弾正の手の者が毒を盛ったのかもしれなかった。

（こうしてはおられぬ）

何としても弾正の奸計を阻止しなければと、冬康は菅達正を呼んで船の仕度を命じた。

翌朝、冬康は小早船に乗って岸和田城を出た。

ちょうど上げ潮の頃で、太平洋から紀淡海峡を通って瀬戸内海に流れ込む潮は、泉州沖を北上して大坂、神戸方面へ流れていく。

その流れに乗れば、淀川河口の神崎の港までは二刻（四時間）ばかりで行くことができた。

「港に着いたなら、そちが芥川城まで使いに行ってくれ」

冬康は達正にそう命じた。

三好義興は高槻の芥川城にいるが、急な呼び出しなので、信用のおける者でなければ相手にされないおそれがあった。

「承知いたしました。高槻にはキリシタンの同朋もおりますゆえ、何かと便宜《べんぎ》をはかってくれましょう」

「他の者に知られてはならぬ。義興どのに会って、直に用件を伝えよ」

多聞之介を奪われて以来、冬康は内情が弾正方にもれているのではないかと疑っている。神崎まで来たのは、極秘のうちに義興に会うためだった。

神崎の港には船宿が百軒ちかく並んでいた。

冬康はその中の一軒に上がり込み、港が見える二階の部屋で義興が来るのを待つことにした。

芥川城までは淀川をさかのぼれば一日で着く。

淀川と芥川が合流する枢要《すうよう》の地に常の城があり、芥川の上流に位置する三好山に詰めの城がある。

義興は常の城にいるはずなので、行きに一日、交渉に一日、そして帰りに半日。三日後には来てくれるはずだと当て込んでいた。

一日目は寝て過ごした。

岸和田城にいる時には、知らず知らず気を張り詰めていたのだろう。疲れを感じて横になるといきなり眠りに引きずり込まれ、丸一日起き上がることができなかった。

二日目はぼんやりと港をながめていた。

神崎川の河口に広がる港には、潮の満ち引きに合わせて多くの船が出入りする。

満ち潮の時には紀淡海峡方面からやって来た船が入ってくるし、須磨、明石、室津方面に向かう船が出て行く。

引き潮の時にはその逆で、須磨、明石から来た船が港に入り、堺や岸和田、紀州に向から船が出ていく。

潮の干満を利用した航法が、瀬戸内海では太古の昔から行なわれ、畿内と西国、九州を結ぶ流通の大動脈となってきた。

長慶が八ヵ国の太守になることができたのも、阿波、淡路、讃岐を拠点にして摂津、和泉の港を押さえ、瀬戸内海海運を支配して莫大な関銭（関税）や津料（港湾利用税）を手にしたからだった。

義興はその日の夕方やって来た。

冬康が神崎まで来ていると達正から聞くと、そのまま小早船に乗り込んで淀川を下ってきたのである。

「叔父上、お知らせいただけば、当家の館にご案内いたしましたものを」

こんな粗末《そまつ》なところでと、義興はしきりに恐縮した。

「内々で話がしたい。人目につかぬようにこの船宿にした」

「先日の法要の時も、何か言いたげにしておられましたが」

「分ったか」

「ええ。何となく」

「あの時は、松永弾正の謀叛の証人を、兄者の前に引き出して理非を正そうとしていた。ところが今少しのところで、何者かに証人を奪い取られたのだ」

「謀叛でございますか」

「そうだ。実休兄を撃ったのは、弾正が雇った者だった」

冬康はそのいきさつを語り、里村紹巴からの書状を差し出した。

義興も紹巴の弟子である。

うやうやしく押しいただいて読み始めたが、みるみるうちに顔から血の気が引いていった。

「まさか、このようなことが……」

「紹巴どのが確かな筋から聞かれたことだ。間違いあるまい」

「父上はこのことを知っておられるのでしょうか」

「ご存じあるまい。兄者には伏せたまま、事を進めようとしているのだ」

「それは、この私を」

義興は察しが早かった。

「言いたくはないが、そなたが死ねば他に後継ぎはおらぬ。他家から養子を迎えざるを得なくなる」

その時重存を立てるために、あらかじめ将軍家と縁組みをしておく。

そうすれば一門の反対を封じることができると、冬康は弾正の計略を読み解いてみせた。

「実休兄を討たせたのも、我らの力を削《そ》ぐためだ。一存が急死したのも、弾正の手の者が毒を盛ったと考えれば辻褄《つじつま》が合う。次に狙われるのは、わしとそなたじゃ」

「ならば、弾正をとらえて白状させましょう。紹巴どのの知らせが本当かどうか」

「それくらいで口を割るような男ではない。兄者を操って、うまくすり抜けるだけだ」

「それでは、どうすれば」

「早急に一門会議を開き、そなたに家督を譲るように兄者に迫る。そうして先手を打てば、弾正の動きを封じることができよう」

義興が家督を継いだなら、弾正を三好家から追放することもできるのだった。

「そのためには康長どのや政康どのの同意を取りつけねばならぬ。わしが内々に根回しをするが、構わぬな」

「私は何をすればいいのでしょうか」

「何もしなくてよい。いつものように過ごし、弾正に手の内を悟られぬようにしてくれ」

弾正はいたる所に密偵を送り込み、こちらの動きを探《さぐ》ろうとしている。侍女や近習といえども気を許してはならぬと、冬康は義興の手を取って念を押した。

家の大事の決定は一門会議で行なう慣習が、三好家にはあった。

阿波、淡路、讃岐を拠点として成長をとげ、対岸の摂津、和泉、河内まで進出して三好政権を打ち立てるまでになった長慶だが、それが可能になったのは実休、冬康、一存の三人がそれぞれの領国をしっかりと押さえて長慶を支えたからである。

そのため長慶も三人の意向を無視することができず、大事の決定は兄弟四人の合意の上で決めると約束している。

実休、一存を相次いで失ったものの、この約束はまだ生きていた。

冬康はこの一門会議で義興の家督相続を決めることで、弾正の策謀を封じるつもりだったが、計略がもれたならどんな妨害をされるか分らない。

そこで正面きって会議の開催を要求するのではなく、一門が集まる機会を選んで一気に事を進めることにした。

選んだのはお盆の法要である。

七月十五日の盂蘭盆《うらぼん》の日に、三好家では堺の南宗寺に集まって先祖の供養をする。

長慶が亡父元長のために創建したこの寺が、今では三好家の菩提寺になっていた。

当日、冬康は堺の屋敷に叔父の康長を招き、朝の茶事にこと寄せて最後の打ち合わせをした。

康長は六十歳になる。

長年阿波にいて実休を支え、実休が河内の高屋城に移った時もそれに従った。

実休が討死した後は、嫡男長治の後見役をつとめると同時に、三好一門の長老として重きをなしていた。

「すでに義興どの、政康どのの同意を得ております。叔父上が一門会議を開いて下されば、その場ですべてが決まりましょう」

冬康は高麗の茶碗に湯をそそぎ、濃い目の薄茶を点《た》てた。

宇治の老舗《しにせ》に作らせた抹茶は、茶筅《ちゃせん》をふるたびにふくよかな香りを立てた。

「法要は正午からであったな」

康長も茶道の心得は深い。端正な所作で飲み干すと、茶碗を胸元に引き寄せて残り香を楽しんだ。

「法要の後に濃茶の席があり、その後に会席になります。一同が顔をそろえた時に、一門会議に諮《はか》りたい案件があると切り出して下さい」

「しかし、急に切り出すのは不自然ではあるまいか」

「法要の前に、それがしがそれとなく兄者に伝えておきます。叔父上が一門に決めてもらいたいことがあるとおおせであったと」

それもたいしたことではないと匂わせておけば、長慶も会議の開催に反対しないはずである。

会議さえ開いたなら、いかに弾正とて口出しができないのだった。

冬康は法要の半刻ほど前に南宗寺に着いた。

長慶が禅の師である大林宗套《だいりんそうとう》に頼んで開いた寺で、広大な敷地にようやく本堂と方丈が建てられたばかりである。

完成まではあと四、五年かかりそうだった。

方丈の礼《らい》の間で待っていると、康長と長治が連れ立ってやってきた。

つづいて長慶が奈津と十河重存を従えて入ってきた。薄染めの衣を着ているせいか、長慶の血色の悪さが際立っていた。

「兄者、ご無沙汰をしております」

冬康は側に寄って声をかけた。

会うのは実休の一周忌の法要以来だった。

「おう。歌の道は進んでおるか」

長慶は誰に対しても屈託《くったく》がない。会えば懐を開いて迎え入れてくれるが、すでに冬康に興味も愛情も失っていることは、ガラス玉のような目の色で分った。

「近頃はゆっくり歌を詠む余裕もありません。法要の後で方々に相談したいことがあると、叔父上がおおせでございます」

「何かな。近頃は叔父上も、わしのところにとんと寄りついて下されぬが」

「詳しくは後ほど。それではよろしくお願いいたします」

冬康は松永弾正と八重が入って来るのを見て、急いで話を切り上げた。

後は義興の到着を待つばかりだが、正午を告げる鐘が鳴っても姿を現わさなかった。いったいどうしたことかと、皆が首をかしげている。

冬康は何かあったのではないかとしきりに表門のほうを見やったが、義興らがやって来る気配はなかった。

しばらく法要を遅らせてもらうしかない。冬康は長慶にそう進言したが、

「それは大林禅師に対して失礼にあたりましょう。すでに用意をととのえて待っていて下さるのでござる」

弾正が横から口をはさみ、長慶の手を引くようにして本堂に向かった。

法要が終っても義興は来なかった。

濃茶の席は千宗易《せんそうえき》（後の利休《りきゅう》）が点前《てまえ》をつとめ、長慶が主客、冬康が次客となり、一門衆だけで濃茶を廻した。

袱紗《ふくさ》の受け渡しから飲み口のぬぐい方まで、作法の厳しいおごそかな茶事なので、始まりから終わりまで時間がかかる。

冬康は茶碗や茶杓《ちゃしゃく》、釜や軸やお香など、道具についていろいろとたずねてさらに時間を引き延ばしたが、ついに義興は姿をみせなかった。

これでは一門会議は開けない。

大きな失望を抱えて会席にのぞもうとした時、

「殿、高槻から急使が参りました。義興さまが急病とのことでござる」

菅達正が耳打ちした。

ございます」

「昨夜から高熱を発し、顔に湿疹《しっしん》が出ているとのこと。侍医は疱瘡と申しているそうで
「急病だと」

「まさか、義興どのまで……」

弾正の手の者に毒を盛られたのではないか。一存が死んだ時も疱瘡の症状が出たのだ
から、そうした毒を南蛮から仕入れたにちがいなかった。

「そちの知り合いに、南蛮人の医師がいたな」

「堺の教会におられます」

「急いで高槻まで案内し、義興どのを診てもらってくれ。何としても死なせてはなら
ぬ」

冬康は急き立てたが、南蛮医にももはや手のほどこしようがなかった。

義興は一月以上も高熱と発疹《ほっしん》に苦しんだ末に、八月二十五日に他界した。

二十二歳の早過ぎる死だった。

三

義興の葬儀は十一月十五日に南宗寺でおこなわれた。

大林宗套が導師をつとめ、大徳寺の紫衣衆や京都五山の僧が加わった盛大な送葬だっ

た。

他界から三ヵ月ちかくたっているのは、三好家の後継者をめぐって争いがあったからである。

長慶は松永弾正の進言通りに十河重存を後継ぎにしようとしたが、冬康や康長は実休の嫡男長治にするべきだと言って譲らなかった。

兄弟の序列から言っても長治の方が上だし、義興の死因をうやむやにしたまま、弾正の思い通りに事が運ぶことだけは何としてでも阻止しようとした。

そうした状況で葬儀をおこない、一門会議で後継ぎのことが諮られたら、結果はどちらに転ぶか分らない。

それを危惧した弾正は、葬儀を引き延ばして重存を長慶の養子にし、将軍義輝の妹との縁組みを取り決めた。

義興の四十九日の喪が明けた翌日に婚礼をおこなうあざとさで、この日に重存は義輝の一字を拝領して三好義重《よししげ》（のちの義継《よしつぐ》）と名乗るようになった。

こうして義重に有利な状況を作り上げた上で、葬儀と後継ぎをめぐる一門会議を開くことにしたのである。

この日冬康は、僧衣に頭巾という姿で式に参列していた。

次兄実休にならって日珖上人から八斎戒を受け、出家して義興への弔意を示したのである。

（このまま弾正の思い通りにはさせぬ）

たとえ義重が後継者になることを阻止出来なくても、一門衆の前で弾正の奸計を暴いて三好家から追放してやる。

その決意を胸に秘め、読経の間ひたすら義興の冥福《めいふく》を祈りつづけていたのだった。

葬儀の後、寺の方丈で一門会議が開かれた。

上座には長慶と義重がつき、すでに後継ぎは決まったかのように振舞っている。

その側には弾正が座り、会議の進行役をつとめることにしていた。

参加したのは冬康と康長、実休の嫡男長治、それに康長の従兄弟《いとこ》にあたる政康と長逸《ながゆき》だった。

長慶は冬康と顔を合わせるなり、

「神太郎《しんたろう》、出家したのか」

怪訝《けげん》そうに幼名で呼びかけた。

以前は日陰の瓜のように白い顔をしていたが、近頃では赤黒くなっている。

義興を失って以来いっそう酒色に溺れるようになったとも、側室の奈津がひそかに毒を盛っているとも噂されていた。

「実休兄にならって八斎戒を受けました。日珖上人にお願いしたと、お知らせしたはずですが」

「いいや。聞いておらぬ。のう、弾正」

長慶は自分の記憶に自信が持てないようで、弾正に任せきりにしていた。

「ご報告をいただいております」

弾正は表情を変えずに答えた。

「さようか。それで法名は何にした」

「一舟軒《いっしゅうけん》と号しております」

「ならば余が法名をさずけてやろう」

長慶は懐から矢立てと懐紙を取り出し、宗繁《そうはん》と記した。

いつでも歌が書けるように、こうした用意は怠《おこた》っていない。文字も相変わらず達筆だった。

「南宗寺にちなんだものじゃ。末永く義興の菩提をとむらってくれ」

「かたじけのうござる」

冬康は懐紙をおしいただき、帰らぬ昔を思って目頭を熱くした。

弾正はちらりと横目で冬康を見やると、

「それではこれより評定を始めます。お知らせした通り、長慶さまは義重さまを三好家の後継ぎと定められました。皆さま、異存はございませぬな」

居丈高に同意を迫った。

誰もが神妙に黙り込んでいる。事前に弾正に言い含められている者もいれば、ここまで事を運ばれた以上、今さら何を言っても仕方がないと諦めている者もいた。

「それでは三好家の後継ぎは義重さまと決まり申した。これからは全員一丸となって」

「お待ちいただきたい」

冬康が弾正の言葉をさえぎった。

「その前に一舟軒宗繁、一言申し上げたいことがござる」

「ほう、何でござろうか」

「義重どののご家督相続に異存はない。しかし代替わりになったこの機会に、君側《くんそく》の奸《かん》をのぞくべきと存ずる」

「君側の奸とは、誰のことかな」

「弾正、そなたじゃ」

冬康は扇子を手にして弾正をぴたりと指した。

「そなたは幕府との折衝にあたるうちに公方さまに取り込まれ、当家を内側から切り崩す謀略を巡らしてきた。あるいは自分から公方さまに取り入り、三好家を切り崩す手柄と引き替えに、兄者に取って替ろうとしているのかもしれぬ」

「何を血迷うたことを。聡明な摂津守さまとも思えぬ妄言でございますな」

　弾正は薄い唇をゆがめて皮肉な笑みを浮かべた。

「妄言ではない。この三年の間に弟一存、次兄実休、そして甥義興が相次いで不審な死をとげた。久米田で実休を狙撃したのは、そなたが雇った根来衆だということも分っておる」

「証拠もなく言いがかりをつけられると、ご一門の冬康さまといえども取り返しがつかぬことになりますぞ」

「証拠は当家で押さえておった。狙撃した者を捕え、皆の前に引き出して糾明をとげようとしたが、寸前に何者かが奪い去ったのじゃ」

「そのような話なら、いくらでも作り上げることができましょう。とんだ茶番でござる」

　弾正は笑い飛ばして話を切り上げようとしたが、冬康は腹を据えて喰い下がった。

「義興どのの急死にも不審がある。堺の南蛮人医師に診てもらったところ、疱瘡とよく似た症状を起こす毒をもられたおそれがあると言っておった。しかも一存も同じ症状で死んでおる。こんな偶然がつづくと思うか」

「ならばその医師を、この場に呼んで来られるが良い。拙者も都で名高い曲直瀬道三《まなせどうさん》を診察につかわし、黄疸《おうだん》による急死だと報告を受けております。どちらが正しいか、御前において対決させれば良うござる」

「望むところだ。不審はそればかりではない。そなたは義興どのが亡くなる四ヵ月も前に、義重どのと公方さまの妹君の縁談を進めておった。これは将軍家との縁戚を理由に、義重どのを三好家の後継ぎにするためであろう」

「とんでもないことでござる。公方さまの母上である慶寿院《けいじゅいん》さまが、近衛尚通《ひさみち》さまの娘御であることはご存じでございましょう」

「むろん知っておる」

「義重さまの母上も、同じ公卿の九条稙通《くじょうたねみち》さまの娘御ゆえ、公方さまはひときわ親しみを持っておられます。そこで妹御との縁談を進めてほしいと、公方さまから頼まれたのでございます」

弾正は付け入る隙を与えず、この馬鹿者を何とかしてくれと言いたげに長慶を見やった。

「神太郎、身内で争ってはならぬ。もうそれくらいにしておけ」

長慶が冬康をなだめ、早く酒宴の仕度にかかるように命じた。

弾正への疑いなど露ほども持っていないのか、それとも知っていながら言いなりになっているのか……。

人の良さそうな茫洋《ぼうよう》とした表情からは、読み取ることができなかった。

永禄七年（一五六四）の正月を、冬康は淡路島の炬口城《たけのくち》で迎えた。

秋葉山の山頂にある城からは、南を流れる洲本川と東に広がる紀淡海峡を見渡すことができる。対岸の紀伊半島も指呼《しこ》の間《かん》にのぞむ近さである。

太平洋を流れる黒潮のせいか、冬でもそれほど冷え込まないので、城内で過ごすことができる。

冬康は南宗寺での一門会議の後、家督を嫡男信康《のぶやす》にゆずり、この城で隠居暮らしをしていた。

一門の前で公然と弾正を非難したからには、身を引いて責任を取る必要がある。それにあそこまで言っても弾正を重用しつづける長慶への失望もあり、三十七歳の若さながら隠居する決断をしたのだった。

そうして世俗から離れ、古《いにしえ》の歌集や歌書、源氏物語などに親しむ日々をおくっているが、心にぽっかりと穴があいたような喪失感《そうしつかん》を埋めることはできなかった。

冬康が安宅家の養子になり、阿波からこの城に移ったのは十二歳の時である。

畿内に進出するためには、淡路島の支配を盤石《ばんじゃく》にしておく必要があると考えた長慶は、冬康を安宅治興のもとに養子に出し、淡路水軍の掌握をはかった。

「よいか神太郎、淡路は四国と畿内を結ぶ大橋じゃ。その大橋をしっかりと守ってくれ」

そうすれば新しい天下をきずくことができる。長慶はそう言ったものだ。

冬康は兄の期待に応えようと懸命に働き、淡路島の支配を固めて五百艘を擁《よう》する水軍を作り上げた。

大型船の安宅船を建造し、四国から畿内へいつでも大軍を送れる態勢をきずき上げた。

その甲斐あって長慶は八ヵ国の太守になり、一時は将軍を都から追放して三好政権を打ち立てた。

ところが朝廷と幕府という権威の壁にはばまれ、将軍義輝と和解して旧来の秩序に屈服せざるを得なくなった。

そして将軍と手を結んだ松永弾正に三好家を切り崩され、今や病《や》んだ傀儡《かいらい》となっている。

(二十五年か)

冬康は東の海峡を流れる潮をながめながら、もの哀しい感慨にとらわれた。

長慶の役に立とうと寝食も忘れて努力をつづけてきたが、すべてが水の泡になったような虚《むな》しさがあった。

一月も末になった頃、

「殿、都の君からの便りでござる」

菅達正がいつもの軽口を飛ばし、使者からの書状をとどけた。

「ほう、何かな」

冬康は久々に心を弾ませて里村紹巴からの書状を開いた。

去る一月二十三日に、長慶と義重、弾正が室町御所に上がり、将軍義輝と対面した。

その席で義重の三好家相続が認められ、幕府の相伴衆に任じられたという。

これで長慶は何の実権もない隠居となり、三好家の運営は年若い義重と弾正にゆだねられることになったのである。

「ところがひとつ、気がかりなことがあります。公方さまはある歌の会で、実休どのの辞世の歌を引き合いに出し、やがて松永弾正も同じ道をたどるだろうと、ほくそ笑まれたのでございます」

紹巴はそう記していた。

実休の辞世の歌とは、

草からす霜また今朝の日に消えて
報《むくい》の程は終《つい》にのがれず

というものだ。

実休は主君にあたる細川持隆《ほそかわもちたか》を殺したことを生涯悔やんでいたが、いまわのきわにもその報いがきたと感じていたのである。

義輝がその歌を引き合いに出し、弾正も同じ道をたどると言ったのはなぜだろう。

（まさか、公方さまは……）

三好家を切り崩すために弾正を利用してきたが、義重を完全に取り込んだ今では不用になった。

（だから折を見て、切り捨てようとしているのではないか）

だとすればいい気味である。

あの才人ぶった弾正が、将軍に切り捨てられたと知った時にどんな行動に出るか、高みの見物を決め込んでやろう。

冬康は底意地の悪い復讐心にとらわれ、紹巴の書状を文机《ふづくえ》の奥深くに仕舞い込んだのだった。

さて、何が起こるのか。対岸の火事を待つような思いで過ごしていると、四月末に飯盛山城の長慶から使者が来た。

「近頃殿は気分も健《すこ》やかで、往時のような精気を取りもどしておられます。喧嘩別れしたまま音信がないのは残念なので、螢を見ながら連歌の会を催して、仲直りがしたいとおおせでございます」

使者がさし出した書状にも、長慶の直筆で同じことが記されている。筆の運びもしっかりしていて、元気になっていることをうかがわせた。

冬康は使者を城下の屋敷で待たせ、重臣たちを集めて対応を協議した。

「殿、なりませぬぞ」

達正は反対した。

これは良からぬ企みあってのことだという。

「三好家中の同朋の知らせでは、長慶さまのご容体は悪くなっているということでござる」

「さよう。これは弾正の罠かもしれませぬ」

他の重臣も口をそろえて反対したが、冬康は応じる決意を固めていた。

「螢と水草の歌は、我ら兄弟にとって大切なものだ。兄者がそれを覚えていて下され、連歌の会を催したいとおおせなら、断わることはできぬ」

断わったなら仲直りする機会は永遠に失われる。兄が和解の手を差し伸べてくれたのだから、応じるのは弟の務めだと腹を据えていた。

「ならばそれがしがお供をさせていただきましょう。屈強の者を従え、何があっても殿をお守りいたしまする」

達正は冬康の胸中を察し、一転して重臣たちの説得に回ったのだった。

冬康は五月七日に洲本の港を出て、その日の夕方岸和田城に着いた。

二の丸の船着場に船を着けると、

「伯父上、よくお越し下されました」

松浦孫八郎が近習たちと共に出迎えた。

「主膳はどうした」

「実は不慮《ふりょ》のことがあり、床に伏しておられます」

孫八郎は先に立って城内に案内した。

十五歳になり体がひと回り大きくなっている。顔立ちも精悍《せいかん》になって、鬼十河と呼ばれた一存によく似ていた。

主膳は二の丸御殿の寝所に横になっていた。

太っていた体はやせ細り、髪も白くなって十も二十も老けたようだった。

「主膳、どうした」

「面目ございません。一月ほど前」

堺の南宗寺に出かけた帰り、何者かに鉄砲で撃たれて落馬した。

撃たれたのは肩だったので命に別状はなかったが、落馬した時に腰の骨を折り、座ることさえ出来なくなったという。

「撃ったのは誰だ」

「分りません。従者の話では、一町ちかく離れた所で鉄砲が火を噴いたそうでございます」

「そんな遠くから当たるのか。鉄砲というものは」

「並の者では無理でございましょう。しかし……」

主膳はしばらく言いよどみ、根来寺で名人の異名をとった多聞之介ならできるだろうと言った。

「兄上を撃った、あの男か」

「さようでござる。あれ以来行方が知れませぬが、復讐しに来たのかもしれませぬ」

主膳はそう言って激しく咳き込み、もう長くはありませぬと苦笑した。

多聞之介が松永弾正に命じられて実休を撃ったと聞いた時、冬康はにわかには信じられなかった。

いくら弾正でもそこまでするだろうかと思い、主膳が仕組んだことではないかと疑ったものだ。

しかし、主膳は多聞之介とおぼしき者に報復され、それは間違いであったことが明らかになったのである。

「殿、今も弾正がその者を使っているとすると、鉄砲で狙われるおそれがありまするぞ」

やはり飯盛山城へ行くのはやめた方がいいと、菅達正が進言した。

屈強の十数人を護衛に従えているが、鉄砲で狙われたならどうしようもないのだった。

「行くと返答したのだ。兄上も待っておられよう」

冬康は生きて帰ろうとは思っていない。連歌の会には弾正も加わるので、隙を見て刺し違える。

それ以外に長慶と三好家を救う道はないと決意を固めていた。

その夜は岸和田城に泊り、翌日飯盛山城の西のふもとにあるイエズス会の教会を訪ねた。

トマスという洗礼名を持つ達正のたっての願いで、深野池のほとりの教会に立ち寄ったのである。

「殿は法華宗ゆえ、さし障りがあれば控えの間でお待ちいただきたい」

達正はそう言って本堂に入り、教会の者たちと一緒に長々と祈っていた。

そうして気が晴れたようなすっきりとした顔で出てくると、

「明日はこれをお持ち下され。酒宴の前に飲んでいただきます」

茶色の小さなガラス瓶に入った薬を渡した。

南蛮から伝わった解毒薬で、教会に立ち寄った目的のひとつはこれを受け取るためだった。

翌九日の申《さる》の刻（午後四時）過ぎ、冬康は四條畷《しじょうなわて》神社の近くにある長慶の屋敷を訪ねた。

飯盛山城は敵に攻められた場合に立てこもるための詰めの城で、日頃は深野池が見下ろせる高台に築いた禅寺風の御殿で、茶道や連歌を楽しみとして暮らしていた。

冬康と達正は書院に案内され、しばらく待つように言われた。

書院の前には広々とした庭があり、心の字をかたどった池を配してある。対岸の築山には釈迦《しゃか》三尊《さんぞん》に見立てた大きな岩が三本立ててあった。

池のまわりに水草を植えているのは、螢の住みかにするためだった。

「二年前もここに来た」

連歌の会に招かれ、長慶と螢と水草の歌を詠み交わした。あれは二年前なのに、ずいぶん昔のような気がした。

やがて長慶と弾正、義重、それに歌の宗匠らしい初老の男が連れ立って現われた。

「よく来てくれた。日暮れまでには間があるゆえ、酒でも酌み交わしながら待つとしよう」

長慶は精気のもどったすっきりとした顔をしている。近頃は体調がいいというのは、偽りではないようだった。

弾正は義重の後見役に任じられ、近頃ではますます権勢を強めている。

昨年末に家督を嫡男久通《ひさみち》にゆずり、今ではこの屋敷に詰めて義重の側に張りついていた。

「松永どの、いつぞやは言い過ぎました。ご容赦いただきたい」

冬康は先にわびて和解の手を差し伸べた。

将軍が捨て石にしようとしていると知ったせいか、以前のような敵対心は消えている。

それに刺し違える時のためにも、相手の警戒心《けいかいしん》を解いておく必要があった。

「いやいや。三好家を思う一心でのことと拝察しております。何のわだかまりもございませぬ」

弾正は目付きまで優しげにして、そつなく手を握り返した。

やがて酒肴を乗せた折敷《おしき》が運ばれ、銘々《めいめい》の前に据えられた。

冬康は懐のガラスの小瓶を手でさぐったが、飲もうとはしなかった。

「隠居して出家の身になったのなら、安宅家のことにわずらわされることもあるまい」

長慶が機嫌良く声をかけた。

「ええ、毎日海を見て暮らしております」

「それなら、しばらくここに住んだらどうじゃ。子供の頃のように一緒に暮らそうではないか」

「まことでございますか」

「妙なことを言う。わしがそなたに嘘をついたことなどあるか」

張りのある親しみに満ちた声は、若い頃と同じである。もしここに住んで寝食を共にしたなら、昔の長慶に戻ってくれるかもしれなかった。

「かたじけのうございます。それではしばらく、ここに住まわせていただきましょう」

急に酒が旨くなったようで、冬康は長慶に勧められるまま盃を重ねた。

やがて夕闇が庭を包み始め、築山の向こうの深野池から水鳥の群が飛び立ち、西の空へ飛び去っていった。

「出ましたぞ、螢が」

最初に気付いたのは義重だった。

水草の中から舞い上がり、空中ではかなげな点滅をくり返してから再び水草にもどっていく。

その数はみるみる増えて、宙を乱舞するほどになった。

「おお、来たか。今年も」

長慶はお茶の点前をする時のような美しい所作で立ち上がり、縁側に歩いていった。

それは長慶の回復ぶりを、何より雄弁に語っていた。

(兄者……)

冬康は嬉しさのあまり、胸の鳥が飛び立つ思いで長慶の側に立った。

「水草を夜の花なる川辺哉、であったな」

「はい。兄者は、螢みだるる風の青柳、とつけて下されました」

「惜しいな。ここには青柳がない」

「そのかわり深野池の木立があります。もうじき空に星もまたたくでしょう」

地上の螢と天の星、その対比を歌に詠みたい。

冬康がそう思って西の空を見上げた時、向こう岸の三尊石の陰から銃声と閃光《せんこう》が上がった。

その刹那《せつな》、冬康は胸に焼け火箸《ひばし》を突き刺されたような痛みを覚えた。

これが鉄砲で撃たれた痛みだと気付くまで、しばらく間があった。

「あ、兄者」

冬康は右手で胸を押さえ、長慶に物問いたげな目を向けた。

「し、知らん。わしではない。わしは知らん」

長慶は驚きのあまり神経の発作を起こし、縁側を後ずさって庭に落ちた。

三尊石の陰の男が落ち付き払って火縄を吹いた。

かすかな火に浮かび上がったのは、渡辺多聞之介の顔だった。

「弾正、貴様」

達正がいち早くすべてに気付き、脇差を抜いて弾正に斬りかかろうとした。

だが立ち上がった途端、次の間にひそんでいた刺客が突き出した槍に、背中から腹まで串刺しにされた。

「おのれ、弾正」

冬康は脇差を抜き、弾正と刺し違えようとした。

だがすでにその力はない。二、三歩向かったところで膝からくずおれ、あお向けに倒れた。

胸に刺さった焼け火箸はいつの間にか冷め、体が冷たくなっていく。

視界も狭くなり、薄れゆく意識の中で、冬康は宙を舞う螢の群を見ていた。

(螢みだるる、風の青柳……)

その句が脳裡をよぎり、空をおおって風に吹き乱れる青柳の枝が見えた。

その数は次第に増え、二重三重に折り重なってあたりが真っ暗になり、いつしか風もやんでいた。


長慶が死んだのは、それから二ヵ月後の七月四日である。

一説には罪なき冬康を誅殺《ちゅうさつ》した呵責《かしゃく》に耐えかね、精神錯乱《さくらん》におちいったためだという。

行年四十三歳。これで三好四兄弟はことごとく非業の死を遂《と》げ、八ヵ国の版図《はんと》はあっけなく崩壊《ほうかい》した。

松永弾正らが将軍義輝を討ちはたすのは、翌年の五月十九日である。

その原因については諸説あるが、三好家を潰すための捨て石にされた弾正が、腹立ちのあまり復讐に転じたと見るのが妥当だと思われる。

織田信長が足利義昭《あしかがよしあき》を奉じて上洛をはたすのは、それから三年後のことである。

津軽の信長

津軽為信

一

海は藍をまぜたような群青色に変わり、三角波が立ちはじめている。

空も虚空《こくう》の奥まで見透せる澄みきった色で、高くたなびくうろこ雲が秋の終わりを告げている。

これから津軽の海も野山も冬に閉ざされ、行動の自由を奪われる季節がやってくる。

その足音がひたひたと迫ってくるのを感じながら、大浦弥四郎為信《おおうらやしろうためのぶ》は西の海をにらんでいた。

兄弟分の蠣崎新三郎慶広《かきざきしんざぶろうよしひろ》が、九月末までには折曽《おりそ》の関に着くと知らせてきた。そこで港の近くの館に出向いたが、十月三日になっても船の姿は見えなかった。

（いったい、何をやってやがる）

為信は短気である。三日も待たされて黒焦げになった餅《もち》のように心も体も固まっている。

いい加減な理由で遅れたなどとぬかしやがったらぶん殴ってやると、拳を固めたり開いたりしていた。

慶広は蝦夷地（北海道）の松前に勢力を張る豪族で、為信より二つ上の二十一歳である。

若くして一族を統一し、唐子蝦夷、日の本蝦夷などと呼ばれていたアイヌとの交易を取り仕切り、そこで仕入れた砂金や海産物などを若狭の小浜に運んで売りさばいている。

その利益は莫大なものだが、残念ながら慶広は日本海を小浜まで航行できる大型船も、船を操る水軍も持っていない。

そこで大浦城（弘前市）にあって西の浜の折曾の関や深浦を治めている為信が、安藤水軍ゆかりの者たちを集め、交易船を仕立てて慶広に貸し与えているのだった。

その船が帰ってくれば、交易の利益の五割をもらえることになっている。

帰りには小浜で仕入れた反物《たんもの》や陶磁器《とうじき》、漢方薬や武具などを運んでくるので、それを売りさばいて儲《もう》けを得ることもできる。

だが為信が短気を押し殺し、焦げた餅のようになって三日も待っているのは、都や畿内、近国の様子を聞きたいからだった。

中でも織田信長という武将には、異常なばかりの関心を持っている。

信長は尾張の小領主の家に生まれながら、八年前には駿河、遠江、三河の大守である今川義元を、桶狭間の戦いで打ち破って首をとったという。

その話を聞いた時、為信は全身に鳥肌が立つほど感動した。

何という度胸、何という勇気、そして水際立った作戦の見事さ。ありとあらゆる噂の断片をかき集め、十一歳だった為信は決意した。

（わだば信長になる）

その頃はまだ養父である大浦為則《おおうらためのり》の城に母とともに居候をしていたので、誰にもそんなことを言える立場ではない。

だが心の中でひそかに決意し、生涯をその実現にささげることにしたのだった。

「殿、見えましたぞ。日の本丸がもどって参りました」

館の見張り櫓に上がっていた森岡信元《もりおかのぶもと》が、梯子の途中まで下りて声を張り上げた。

為信が右腕と頼む、二十三歳になる目端の利いた男だった。

「さようか。ならば船が港に着き次第、新三郎をここに呼べ」

為信は待ち焦がれたそぶりなど露ほども見せなかった。

慶広は緋色に金色の龍の刺繡《ししゅう》をした蝦夷錦と呼ばれる裾長の上衣を着て、右手に砂金を入れた革袋を下げていた。

長い航海で潮焼けした顔に、黒々と髭をたくわえている。

その髭が為信とよく似ていることがきっかけとなって、二人は初対面の時から意気投合し、兄弟分の盃を交わしたのだった。

「弥四郎、待たせたな。これはおわびの証《しるし》だ」

三貫目（約十一キロ）はありそうな革袋を、慶広は無雑作に為信の前に置いた。

「どうした。商い物にしなかったのか」

「小浜の商人が買い叩こうとするから、用意した袋の半分しか売らなかった。今は砂金より海産物のほうが高値で売れるようだ」

「ほう。それはなぜだ」

「小浜には明国人の船も入っている。そいつらが昆布《こんぶ》や干海鼠《ほしなまこ》を、喉から手が出るほど欲しがっている。明国に持ち帰れば法外な値で売れるそうだ」

いずれも皇帝や王侯貴族の料理に使われ、この上もなく珍重されているという。

「海から取っただけのものが、上等の漢方薬や陶磁器と交換できるのだから笑いが止まらんよ」

「ところで畿内の様子はどうだ。信長はどうしておる」

為信はいつも信長を呼び捨てにして、負けてたまるかと競争心をかき立てていた。

「聞いて驚くな。信長は先月二十六日に足利義昭を奉じて上洛し、第十五代将軍にするそうだ。その功績によって副将軍か管領《かんれい》に任じられるという噂だが、天下の権を握ったも同然だろう」

「あ、新しい将軍を……」

「そうだ。五万の大軍をひきいて岐阜城を発ち、わずか二ヵ月で近江、山城、摂津を支配下に治めた。十四代将軍義栄《よしひで》を奉じていた者たちは、何も出来ずに軍門に下ったそうだ」

「わずか、二ヵ月で」

為信は広い鼻梁《びりょう》にへだてられたつぶらな瞳を白黒させた。

将軍の首をすげかえるなど、奥州の古武者《ふるつわもの》どもには想像すら出来ないことだった。

折曾の関の館を出た為信は、信元ら五騎を従えて海沿いの道を東に向かった。

馬一頭がようやく通れるほどの狭い道を、打ち寄せる波の飛沫《しぶき》をあびながら三里（約十二キロ）ほど行くと鰺ヶ沢《あじがさわ》の村に着く。

ここから南への道をたどり、岩木山のふもとを巻くようにして進むと大浦城があった。およそ六里。馬でも一日がかりの距離だった。

津軽の祖霊が宿ると言われる岩木山は、山頂部がうっすらと白い。雪が降ったからではなく、明け方の冷え込みによって立った霜柱《しもばしら》が、日中も消えずに残っているのである。

為信はそれを仰いで馬を進めながら、まるで熱に浮かされたように信長のことばかり考えていた。

新将軍を従え、さっそうと都に入る信長の姿が目に浮かぶ。

会ったことも絵で見たこともないのに、神が舞い下りたような姿だけははっきりと思い浮かべることができる。

（信長は三十五。桶狭間で大勝したのは二十七の時だ）

それなのに自分は十九にもなっていながら、何も出来ないでいる。そう思うと悔しく恥ずかしく、背中を焼かれるような焦燥に襲われた。

為信は父親の顔を見たことがない。物心ついた時には母親の貞子と二人、大浦城主である為則の世話になっていた。

奔放気ままだった母は惚れた男と駆け落ちし、生活に困窮して従兄《いとこ》である為則のもとに転がり込んだのである。

その時には為信を連れていたが、父親が誰か決して話そうとしなかった。

久慈《くじ》城の城主である久慈治義《はるよし》だと言う者もあれば、為則の弟で堀越城の城主だった大浦守信《もりのぶ》だと噂する者もいた。

貞子は歌も踊りも上手で、母親となってからも人が振り返るほどの美しさを保っていた。

一時は貴人の宴席で芸をすることで食いつないでいたようで、どこの城主の子を身籠ったとしても不思議はなかったのである。

為信も一度だけ、父親は誰かと聞いたことがある。

すると貞子は眉尻の上がった妖艶《ようえん》な顔に、妖しげな笑みを浮かべてこう言った。

「女はね、天子さまのお子だって身籠ることができるんだ。くだらないことを気にする暇があったら、自分を磨いて男の証《あかし》を立ててごらん」

けんもほろろに突き放したが、為信のためにひとつだけ実《じつ》のあることをした。為則の娘阿保良《おうら》と娶《めぁ》わせ、大浦家の跡取りにしたのである。

持ち前の美しさと才覚で為則を手玉に取り、いつの間にか話をまとめたのだが、いきなり婿養子にすると言っても、一門や重臣たちが納得しない。

そこで為則は辛抱強く時期を待ち、命が旦夕《たんせき》に迫った時になって重臣たちを呼んだ。

「見ての通り、わしの余命はいくばくもない。だが、わしには娘の他に子がおらぬ。そこで弥四郎を阿保良と娶わせ、跡継ぎにしようと思う」

突然の申し出に、重臣たちは戸惑いを隠そうともしなかった。

貞子が為則の従妹だとは知っているものの、父親はどこの馬の骨とも分らないのだから、不審や不満を持つのは当たり前だった。

為則はそれを見越し、一計を案じていた。

弥四郎は弟守信の子供だと言ったのである。

「皆も知っての通り、守信は十三年前に桜庭の合戦で討死した。当家を守るために、勝ち目がないと分っている戦に、わしの名代として出陣してくれたのだ。その前夜、守信は貞子との間に生まれた子がいると打ち明け、わしに前途をたくした。弟の功を思えば、この約束を反古《ほご》にすることは出来ぬ」

そう言われれば、重臣たちも納得せざるを得ない。その場で為則に従うという誓紙をさし出し、為則の臨終《りんじゅう》を待って弥四郎を婿養子にして為信と名乗らせた。

一年前、永禄十年（一五六七）三月のことである。

以来、為信は大浦家の当主として中津軽郡一帯を領有してきたが、津軽全域は南部家の支配下にあり、大仏《だいぶつ》ヶ鼻《はな》城の城主である南部《なんぶ》高信《たかのぶ》が差配している。

高信の許しを得なければ、居城の修理も出来ない有様だった。

（これでは、信長にはなれぬ）

何とかしなければと、為信は居ても立ってもいられない気持になっていた。

要は銭をつかむこと。その銭で兵を強くし、津軽から南部勢を追い払うことだ。

それは分っているものの、高信の背後にいる南部本家の力は強大で、何から手をつけていいか分らなかった。

「信元、今度の儲けはいくらになった」

昼食のために立ち寄った寺で、為信はそうたずねた。

「交易の分け前は銭五百貫ですが、受け取った帰り荷を売りさばけば三百貫にはなりましょう」

「しめて八百貫か」

銭一貫は金一両。現代に換算すれば八万円ほどだから、八百貫ではおよそ六千四百万円ほどになる。

大船一艘を出した利益としては悪い稼ぎではないが、まだまだ足りなかった。

「あと二艘、大船を手に入れよう。交易も我らの手でやりたいものだ」

「そうなれば、今の何倍も儲かりましょうな」

何事にも手堅い信元は、夢物語だと言いたげに握り飯を頰ばっていた。

「軍勢も揃《そろ》えねばならぬ。せめて二千は欲しいものだ」

「当家の身上《しんしょう》では五百がいいところでござる」

「よし、決めた」

今度の儲けを兵集めに注ぎ込む。そうして大がかりな訓練をやるので、帰り次第仕度にかかれ。為信は岩木山をひとにらみしてそう命じた。


大浦城は現在の弘前城から西に四、五キロほど離れた所にある。

岩木山の東南のふもとで、岩木山神社にほど近い。

ふもとの平坦地を使った東西に長い縄張りで、東から三の丸、二の丸、本丸、西の丸を配し、それぞれのまわりには土塁と水堀をめぐらしている。

米の石高で言えば一万石ほどの所領しか持たない大浦家がこれほど立派な城を構えられたのは、南部氏の支援があったからだ。

それに折曾の関や深浦の港から上がる収入も大きく、城を維持する経費となっているのだった。

為信は本丸御殿の部屋にこもり、訓練の構想を練っていた。

何をするかはすでに決めている。

大浦城の東に野崎という二十軒ばかりの集落がある。その西側の高台には、かつて南部氏が大浦城を監視するために築いた番城がある。

使われなくなって久しいが、二段構えの曲輪《くるわ》と土塁、何棟かの番小屋が残っている。

これを敵の城と城下町に見立て、一気に焼き払って攻略する訓練をするつもりだった。

これは南部側の城、中でも南部高信が居城とする大仏ヶ鼻城を攻略するための予行演習である。当日もそれを想定した陣立てにするつもりだが、問題は軍勢がどれほど集まるかだった。

せめて一千は集めなければ格好がつかないし、大仏ヶ鼻城攻めを想定した訓練にもならない。しかし領内の隅々から配下の兵をかき集めても、五百がやっとである。

残りの五百をどうやって調達《ちょうたつ》するか、為信は頭を悩ましていた。

所領の周辺には二十人、三十人ほどの家来を持つ小豪族がいて、南部高信に表向きは従いながら、今も独立の気風を保っている。

彼らを訓練に参加させることができれば、主従関係につなげる可能性もあるので一石二鳥である。

そこで為信は一人当たり銭五百文を支払うという誓紙を送って参加を呼びかけたが、頑固で見栄っ張りで計算高い土豪たちが、はたしてどれくらい応じてくれるかまったく分からなかった。

訓練は十一月十六日の満月の夜である。

それまであと一ヵ月と迫った頃、為信は森岡信元を呼んで状況を確かめた。

「参加すると返事してきたのは三人、人数は六十五人でございます」

「二十三通もの誓紙を書いたのに、たったそれだけか」

「南部高信どのがいい顔をなさらぬ。皆がそう言っております」

「そんなはずがあるか。訓練のことは、高信どのの許可を得てある」

「表向きはお許しになっても、本心は違うようでございます」

（あの狸親父が）

為信は喉元までせり上がった言葉をかろうじて呑み込んだ。

「いかがいたしますか」

「今さら中止にしたなら、俺は津軽中の笑いものだ。何としてでも人数を集めよ」

「承知しました。それでは内々《ないない》で、日当を倍にすると申し入れてみましょう」

一人銭一貫文。これで八百人が来たなら、この間の儲けをすべて吐き出すことになるのだった。

数日後、妻の阿保良が仏頂面《ぶっちょうづら》でやって来た。

三つ歳上の姉さん女房で、為信と同じくらいの背丈がある。しかも太っているので、女武者として戦場に出したいほどだった。

「森岡から聞きました。侍一人に一貫文を出すことになされたそうですね」

「ああ、そうだ」

「どうしてそんな馬鹿なことを。当家を破産させるおつもりですか」

家計は阿保良が預かっている。為信よりはるかに計算に明るいからで、阿保良の許しがなければ槍一本買えないのだった。

「言ったはずだ。俺は今度の訓練に、この間の儲けをすべて注ぎ込むと」

「冬を越すための米を買っておかなければなりません。お前さまの見栄のために、家臣や領民を飢え死にさせるわけにはいきませんから」

「では、どうすればよい」

「訓練には四百貫だけ使って下さい。残りはわたくしが使わせていただきます」

「わかった。信元にそう言っておけ」

為信は仕方なく譲歩した。

お前などに男の血の滾《たぎ》りが分るか。そう怒鳴りたいところだが、婿養子という肩身の狭さがあって、阿保良には頭が上がらないのだった。

「それから、母上さまから何か連絡がありましたか」

「いいや。どうして？」

「蠣崎が都で何か聞き込んできたのではないかと思って」

先代為則が死んだ後、貞子は家を出て都に行った。

為信は慶広に頼んで貞子と連絡をとっているのではないかと、阿保良は勘ぐっているのだった。

「母上は祇園という所で白拍子《しらびょうし》をなされているそうだ。近頃は近衛家や鷹司《たかつかさ》家からも宴席に出るように声がかかるらしい」

「お美しい方ですもの。公卿さま方のお覚えも目出たいのでしょうね」

その言葉には棘《とげ》がある。自分は美しくもない家付き娘なので、こんな田舎にくすぶっていなければならないと言いたげだった。

二

訓練は予定通りにおこなった。

十一月十六日未明、為信は一千余の手勢をひきいて大浦城を出発、月明かりを頼りに後長根川《うしろながね》ぞいの道を半里ほど東に向かい、野崎村の東の田んぼに布陣した。

正面には敵の城下に見立てた二十軒ばかりの集落があり、そこから五町（約五百五十メートル）ほど西の小高い丘に番城の跡がある。

この城跡を南部高信が拠る大仏ヶ鼻城に見立て、一気に攻め落とす訓練をおこなうのである。

三日前に降った初雪が野山を白くおおっているが、幸い訓練に支障をきたすほどではなかった。

野崎村の正面には森岡信元の兵三百、北側に小笠原信清《おがさわらのぶきよ》の二百、南側には兼平綱則《かねひらつなのり》の二百。為信が股肱《ここう》と頼む三人の家老が、魚鱗《ぎょりん》の陣形を敷いている。

その後方に為信が三百の旗本をひきいて本陣を構えていた。

いずれの陣にも旗や幟《のぼり》を数十本も立てさせている。

それが岩木山から吹き下ろす風にはためく様《さま》は勇壮だが、一千の兵のうちまともな侍は半数ほどしかいなかった。

阿保良に釘を刺されて土豪衆を集めることを断念せざるをえなくなった為信は、農民、町人、山の民、港のあぶれ者などを日当二百文で雇い入れ、侍の格好《かっこう》をさせて訓練に使うことにした。

このためわずか百貫文の支出で五百人を集めることができたが、何しろ合戦とは無縁の者たちで、鎧や武器も持ってはいない。

そこで厚手の布に刺子《さしこ》をした服を着せ、防寒帽をかぶらせて鎧のように見せかけ、腰には木刀、手には六尺棒を握らせている。

ありったけの旗や幟、太鼓や法螺貝《ほらがい》を持ち出して飾り立てているのは、そうした内情を隠すためだった。

「弥四郎、なかなか見事なものではないか」

蠣崎慶広は大鎧をまとって為信と床几を並べている。

訓練に参加するために、五十人をひきいて駆け付けたのである。

「何とか人数はそろえたが、中身は見ての通りだ。どれほどの働きができるか、分ったものではない」

「昨日城中を見て回ったが、腕っぷしの強そうな奴らが多かった。侍などより見事な働きをするかもしれんぞ」

「見込みのある奴は侍に取り立てると言ってある。それを励みに、目の色を変えてくれればいいが」

やがて月は西に傾き、夜が白々と明けていった。

それにつれて岩木山が影絵のように浮き上がり、山頂に雪をいただいた姿が見上げるほど高い位置に現われた。

朝駆《あさが》け（夜明けの奇襲）の要諦《ようてい》は、敵が目覚める前に攻め込むことである。同士討ちがさけられるほどの明るさになったなら、即座に兵を起こさなければならない。

為信は兵法書で学んだ通り、軍配をふって突撃を命じた。

合図の法螺貝が吹き鳴らされ、押し太鼓の音とともに森岡勢が野崎の集落に攻め込んだ。

百人ばかりの足軽が四手に分かれ、手にした松明を次々に民家に投げ込んでいく。

住民にはあらかじめ避難《ひなん》を命じているが、本番であれば武器を持った者たちが飛び出してきて、村を守ろうとするはずである。

それを討つために森岡の本隊が突撃し、住民たちを血祭りに上げて番城の下に攻め寄せる。

これを見た敵将が迎え撃とうと出陣してきたなら、森岡隊は一目散に退却する。

敵が勢いに乗って追撃してきたところを、北側に伏せた小笠原隊二百が背後に回り込んで退路を断つ。

そうして白兵戦となった時、為信が旗本衆三百をひきいて敵を蹴ちらす。

その間に南側に伏せた兼平隊は戦場を迂回《うかい》し、敵の主力が出払った城に搦手口から攻めかかる。

留守を預かる城兵がそちらの防戦に向かった時、敵の背後に回り込んでいた小笠原隊が大手口から城内に乱入する。

為信が大仏ヶ鼻城攻めを想定して練り上げた作戦に従い、訓練はおおむねうまくいった。

この戦法の成否は、為信の指揮に従って森岡、小笠原、兼平の諸隊が連携して的確に動けるかどうかにかかっている。

そこで為信は本陣の左右に五連の大太鼓をすえ、連打の音で将兵に指示を伝えるようにした。

革も破れよと打ち鳴らす音は、五町先の番城を攻めている将兵にもとどき、森岡隊の突撃と退却、兼平隊の奇襲、小笠原隊の大手門攻撃の間合いもうまくいった。

中でも嬉しい誤算は、二百文で雇った者たちがめざましい働きをしたことだった。

森岡隊の先陣をつとめた百人ばかりは、盗賊の頭である又三郎にひきいられ、水際立った働きで集落を火の海にした。

番城の奇襲を命じられた兼平隊の足軽たちは、合図の太鼓を聞くやいなや、馬より早く走って搦手攻めに取りかかった。

大手口を攻めた小笠原隊の中には、長い竹竿を使って堀と土塁を飛び越え、城内に着地して内側から門を開けた者が二人もいた。

善蔵、源蔵の兄弟で、以前は傀儡子《くぐつし》の一団で軽業をやっていたという小柄な若者だった。

「だから言ったろう。俺の手下の中には、もっと凄い奴が大勢いるからな」

慶広が侍なんかに負けはしねえと息巻いた。

「確かにその通りだ。恵まれた暮らしに慣れた飼い犬は、野良犬にはとうていかなわぬ」

為信は出自も分らない自分こそ野良犬だと思っている。その覚悟が何物をも踏み越えてやるという情念を生んでいるのだった。

訓練の後、参加者全員を番城跡に集めた。

戦勝の後にはその場で討ち取った敵の首実検をおこない、それぞれの手柄を確認してから酒宴を張るのが仕来りである。それに倣ったのだった。

上段の曲輪には為信と旗本衆三百、下段にはその他の手勢がいる。為信は階段口に立ち下段の者たちに向かって語りかけた。

「今日の皆の働きは見事であった。俺の采配に従った一糸乱れぬ動きは、敵との合戦においても充分に通用するであろう」

為信の声には少年らしい甲高さが残っているが、芯が太く声量も充分で、皆の耳にはっきりと届いた。

「戦の勝敗は軍勢の数の多さによって決まるものではない。大将の采配が優れ、将兵がその意に従って縦横に動くなら、十倍の敵といえども難なく打ち破ることができる。それを信じて面々の力量を極限まで磨いてもらいたい」

為信の頭には、今川勢二万五千を二千余の軍勢で打ち破った桶狭間での信長の大勝がある。いつの日か自分も、あんな風に鮮やかに世の中に打って出たいと夢見ていた。

「今日の訓練には、下々から選りすぐった者にも多数参加してもらった。その実力のほどは、皆が目の当たりにした通りじゃ」

中でも又三郎と善蔵、源蔵兄弟の働きは出色であったと、為信は三人を上段まで呼び、茶碗を持たせて酌《しゃく》をしてやった。

誰もが酒だろうと思ったが、中身は砂金である。

大きな茶碗になみなみとつがれた砂金は、妖しい輝きを放って将兵を魅了した。

「この三人には、これから当家の家臣として働いてもらう。我も仕えたいと望む者は、三人に頼んで申し出るがよい。これからは血筋や家柄などに関わりなく、力量のある者を引き立てる。我こそはと思う者は、合戦の日に備えて男を磨いておけ。それから、野崎村の者はおるか」

そう言われて十人ばかりの村人がひと固まりになって進み出た。

このあたりで訓練をするので、家財を持って避難しておけとは命じられていたものの、家を焼き払われるとは想像もしていない。

これから冬になるのでこのままでは凍え死ぬと、直訴に来ていたのだった。

「遠慮はいらぬ。皆ここに上がって来い」

為信は村人たちを上段に登らせ、村の方を見るがよいと言った。

一面の焼け野原になった村のあたりには、真新しい家が数軒建てられている。

白木の板屋根、板壁の家で、茅ぶきの掘っ立て小屋よりはるかに立派だった。

「わいはー。村の土地まで取らいでまるんだべか（お取り上げになるのですか）」

村人の一人がそう訴えた。

「そうではない。あれはお前たちが住むための家だ。あと三日もすれば、皆の家が出来上がるだろう」

焼き払ったおわびに家を新築するばかりか、一年間の年貢も免除した。

このことが噂となって領内の村々に伝わり、領主としての評判が上がるようにと目論んでのことだった。

その夜、為信は慶広を大浦城に招いて酒を酌み交わした。

二人とも酒が強い。小さい盃では面倒なので、一升枡《ます》を使っていた。

「何とかやりおおせることができた。しかも侍を集めるより三百貫も節約することができた。これも新三郎のお陰だ」

困窮していた為信に、下々の者を使ったらどうだと言ったのは慶広だった。

「弥四郎の力だよ。今日の采配ぶりを見て、ただ者でないことがよく分った」

慶広が一升を楽々と飲み干し、髭にこぼれた酒を手でぬぐった。

「本当にそう思ってくれるなら、二人で組んで国を造らないか」

「国を造る……、だと」

「二人で力を合わせれば、お前は下国《しものくに》（檜《ひ》山《やま》）安東《あんどう》家から、俺は南部から独立することができる。そうして内海を挟《はさ》んだ、俺たちの国を造るのだ」

内海とは津軽海峡のことだ。

潮流の速い難所だが、津軽や渡島《おしま》の者たちは縄文時代の昔から自由に往来し、内海と呼んでいたのである。

「面白《おもしれ》え。俺たちの国か」

「ああ、俺もお前も大名になり、安藤水軍の力を結集して強大な国を造り上げる。平泉の奥州藤原氏の頃のようにな」

「良かろう。それで、何をすればいい」

慶広は知略の点では為信に一目置いていた。

「俺に小浜と交易する権利を分けてくれ。今のように年二回の交易では、儲けも少ないし畿内の商人とのつながりを強くすることもできない。そこで俺に二回交易船を出させてくれ」

「弥四郎が蝦夷地の産物を売りさばいてくれるのか」

「そうだ。儲けはきっちり折半《せっぱん》する。新三郎は産物を折曾の港に運んでくれるだけでいい」

その儲けで鉄砲、火薬、鉛玉を買い、兵を雇って軍勢を強化する。

そうして南部高信ばかりか南部本家も滅ぼして、北奥羽を統一するのである。

「夢のような話だな」

「夢なものか。信長を見ろ。今は交易を支配した者が天下を取るのだ」

「確かにそうだが、弥四郎が二回交易船を出すことは、下国家が認めてくれまい。何しろお前は南部の家来だからな」

下国家とは出羽一帯を支配する安東（秋田）家のことである。

津軽から小浜へ向かう船は、米代川や雄物川の河口の港に寄港するが、両港とも安東家が支配している。

慶広は安東家の家臣なので港を使わせてもらえるが、為信はそうはいかない。

安東家と南部家は米代川上流の鹿角《かづの》地方の領有をめぐって激しく争っているので、南部家に従っている為信は敵と見なされるからである。

「確かに今はそうかもしれん。しかしやがて南部を倒すのだから、問題はあるまい」

「下国家にそう言ったと知れてみろ。お前はたちどころに南部に滅ぼされるぞ」

「ならばこれだけは約束してくれ。もし二回の交易が出来るようになったら、蝦夷の産物を俺に預けると」

「それは約束する。儲けを折半にしてくれるなら大助かりだ」

「よし、それなら誓いの証だ」

為信は二つの枡に酒を注ぎ、慶広と息を合わせて一気に飲み干した。

訓練の終わりを待っていたように、翌日から雪が降り始めた。

湿気をふくんだ重い雪が来る日も来る日も降りつづき、津軽の山野を白一色に染めていく。ぶ厚い雪におおわれた岩木山は、着ぶくれしたようにひと回り大きくなっていった。

大浦城も雪に埋もれ、誰もがひっそりと息をひそめて冬が過ぎるのを待っている。秋までにため込んだ保存食で食いつなぎ、五ヵ月近く家の中に閉じこもって春が来るのを待つのである。

この季節が津軽の人間の忍耐力と思索《しさく》力を鍛《きた》え上げるのだが、為信には何もできないことが腹立たしくてならなかった。

自然には逆らえないと皆が言うが、そんな奴隷根性だから駄目なのだと大声で叫びたい。

人間には知恵があるのだから、いつの日かこの雪だって自在に操れる日が来るはずだと思いたい。

まるで檻《おり》に閉じ込められた獣が自由に野山を駆け回る夢を見るように、為信はそんなことを考えながら動けない不自由に耐えていた。

後に為信は、「不制于天地人」（天地人に制せられず）というモットーをかかげ、軍配にもその六文字を刻み込むが、それは長い冬との戦いの末に到達《とうたつ》した祈りに似た境地だった。

やがて永禄十二年（一五六九）の年が明け、岩木山のふもとの大浦城にも草木が芽吹く春がおとずれた。

待ちに待った活動の季節である。

為信は勇躍して森岡信元を呼んだ。

二人とも冬の間の運動不足や栄養の偏りのせいで、頬がやつれくすんだ顔色をしている。それを笑い合うのが、年中行事になっていた。

「何やら巣ごもりの穴から出てきた熊のようでござるな」

為信の髭だらけの顔を見て、信元が仕方なげに笑った。

「そちとて同じじゃ。目が覚めたなら、さっそくやってもらうことがある」

山形城の最上義光《もがみよしあき》のもとに使いに行ってくれと頼んだ。

安東家の港が使えないなら、最上家が外港としている塩越の港（秋田県にかほ市）を使わせてもらおうと考えたのである。

「最上家は南部家と親しい。南部家のために交易をするのだと言えば、応じてくれるはずだ」

「しかし相手は斯波《しば》家の流れをくむ名家でございます。当家など相手にしてくれましょうか」

「まず塩越城の池田豊後守どのを訪ねよ。一年に二回、交易船の寄港を許してもらえるなら、一回につき百貫文の関銭を支払うと申し出るのだ」

最上義光に対面して許しを得たいと言えば、池田豊後守は取り次いでくれるはずだった。

「しかし、そんな法外な関銭を支払っては」

「小浜との交易に乗り出せるなら、百貫文など惜しくはない。それに……」

南部と敵対するようになれば、安東家の港を使わせてもらえるようになる。それまでの辛抱だと思っていたが、今は伏せておくべきだった。

「それに、最上家にあてた添え状を、南部高信どのに書いてもらう。それを持って行けば、断られることはあるまい」

しばし待てと信元に命じ、為信は大仏ヶ鼻城の南部高信を訪ねた。

大仏ヶ鼻城は石川城とも呼ばれている。

坂梨峠を水源とする平川が津軽平野に流れ込むあたりに、石川村がある。その西側に東南からせり出してきた尾根があり、尾根の先端部の丘陵を利して城がきずかれている。尾根にそって階段状にきずかれた山城で、曲輪と館が十三もあることから俗に石川十三楯と呼ばれている。

その最上段の本丸が大仏ヶ鼻城である。

天文二年（一五三三）、南部高信は大軍をひきいて津軽に進攻し、津軽第一の穀倉地帯である平賀《ひらか》、田舎《いなか》、奥法《おきのり》の三郡を制圧し、大仏ヶ鼻城を拠点として津軽支配に乗り出した。

以来三十六年、津軽の諸豪族は高信の軍門に下ったままである。

これを打ち破って津軽を我が手に握ることが、為信の第一の目標になっていた。

「どうした小僧、今日は何の用だ」

高信は七十歳を越えているが、今も槍の鍛練《たんれん》を欠かさぬほどに矍鑠《かくしゃく》としている。為信を幼い頃から知っていて、今でも小僧と呼んで可愛がっていた。

「お願いがあって推参いたしました。どうぞ、お納め下さい」

為信は銀の小粒を入れた革袋を差し出した。

二貫文（約三百二十万円）は充分にあった。

「銭で人の歓心《かんしん》を買ってはならぬ。前にもそう諭《さと》したはずだ」

「これは銭ではありません。ご領国を守るための軍勢でございます」

「どうした訳だ、それは」

「この銭で兵を雇い、武具を買うことができます。そうしてますます治世を盤石《ばんじやく》にして、領地領民を守っていただきとうございます」

「さようか。ならば」

遠慮なくもらっておけと、高信が近習に命じた。

「実はこのたび、俺は蝦夷地と畿内を結ぶ交易に乗り出そうと思っております。それをお許し下さるよう、お願いに上がりました」

「船はあるのか」

「手持ちの大船が二艘あります。二十年ほど前に父が建造したものですが、今も充分に使えます」

「さようか。大浦はもともと安藤一族だからな」

高信は一瞬警戒の色を浮かべたが、すぐに懸念を打ち消した。こんな小僧に大それたことができるはずがないと思ったようだった。

「しかし船はあっても、安東家の港を使わせてはもらえまい」

「それゆえ最上義光さまにお願いし、塩越の港を使わせていただきたく存じます。それもお許し下されませ」

「塩越の港は離れておろう」

「安藤水軍の舵さばきは際立っておりますゆえ」

折曽の関から塩越まで外洋を一気に渡ることができると豪語した。

「その交易で、どれほどの儲けがある」

「二度船を出せば、おそらく銀百貫（約一億六千万円）は下らぬものと思います。そのうちの二割を、お館さまに納めさせていただきます」

それゆえ最上義光への添え状をいただきたいと、為信は上手に甘えた。

「うむ、最上どのとは同じ清和源氏、先祖が奥州に入部して以来昵懇《じっこん》の間柄じゃ」

「もしお許しいただけるなら、その収益によって堀越城の改修もさせていただきとう存じます」

「そちがあの城を直すと申すか」

「それがしの父守信は、堀越城にあって大仏ヶ鼻城の大手を守っておりました。父が他界して十五年、失礼ながらあのように荒れ果てていては、万一の時に支障がございましょう。また父の御魂にも顔向け出来ませんゆえ、何卒お申し付け下されませ」

った。

「ならば頼む。近頃は当家も物入りが多い。城の修理まで手が回らぬのじゃ」

高信は相好を崩して申し出に応じたが、実はこれには為信の深謀が隠されていたのだった。

三

それから二年が過ぎた。

元亀二年（一五七一）五月一日、為信は南部高信の使者を緊張した面持ちで待っていた。

高信が交易を許し最上義光への添え状を書いてくれたお陰で、二年つづけて小浜への交易船を出すことができた。

蠣崎慶広と組んで二艘、独自に二艘。その利益は莫大で、大浦家の蔵には金、銀、銭がうなっている。

堀越城の改修にも資金を潤沢《じゅんたく》に注ぎ込み、無事に終えることができたのだった。

今年は交易三年目、数日後には初荷の船を出す予定である。

そこで高信を大浦城に招いて初荷祝いをすることにしたが、あいにく高信は風邪をひいて具合が悪いので、代理の者をつかわすという。

いったい誰を、どれくらいの供揃えで寄こすのか。その対応から高信の胸中を読み取ろうと、為信は神経を張り詰めて使者の到着を待っていた。

「弥四郎、肩の力を抜け。夜叉のような顔をしていては、相手に不審を持たれるぞ」

慶広が見かねて酒でも飲むかと勧めた。

「いや、赤ら顔で使者を迎えるわけにはいかん」

「それなら阿保良どのと一発してこい。少しは気持がほぐれよう」

慶広は交易船に積み込む海産物や砂金を、蝦夷地の松前から運んできたところである。祝いの酒宴に花を添えるために、渡島娘《おしまっこ》と呼ばれるアイヌの美女を十数人連れてきていた。

「馬鹿を言うな。阿保良は酒宴の仕度で忙しい。そんなことをさせてくれるものか」

「納戸にちょっと引き込んで、立ったまま後ろから差し込むのも乙なもんだぞ」

「そんなことより、後の手配は大丈夫だろうな」

「任せておけ。五艘の小早船で来たんだ。百人は充分乗せられる」

「頼むぞ。万一ということもあるからな」

使者はまだ来ぬかと為信が辰巳《たつみ》（南東）の方に目をやった時、

「殿、使いの一行が高尾村にさしかかりました」

道中に配していた物見《ものみ》が告げた。

「使者は誰だ」

「金沢円松斎《かねざわえんまっさい》さま、栃尾《とちお》靫負《ゆきえ》さま、霍浪外記《かくなみげき》さまでございます」

いずれも石川十三栖を預かる重臣である。

中でも金沢円松斎は高信の妹婿で、南部家中でも重きをなしていた。

「供の人数は？」

「三百余でございます」

「ほう。それは……」

為信は絶句した。

計略のためには、供が多いほうが都合がいい。だが三日三晩にわたって三百人を接待するとなると、相当の出費を覚悟しなければならなかった。

（どうやらあの狸親父は、俺の儲けを吐き出させようとしているらしい）

そうして家臣たちにいい思いをさせられるのだから、一石二鳥と考えたようだった。

円松斎主従を先頭にした一団が、後長根川ぞいの道をやって来る。高禄を食《は》む者たちは平服で馬に乗り、徒歩《かち》の者たちは胴丸を着込んで刀や槍を持っていた。

為信は烏帽子、大紋姿で出迎えた。

「円松斎さま、ご足労をいただきかたじけのうございます」

「お招き大儀。殿も楽しみにしておられたが、あいにくのことでな」

円松斎は馬上で一礼しただけで、騎乗のまま大手門をくぐっていった。

初荷の祝いは岩木山神社に参拝することから始まった。

為信は南部の重臣三人と高禄の者二十人ばかりを案内し、神殿で宮司にお祓いをしてもらって航海の無事と商いの成功を祈った。

神殿の背後には岩木山がどっしりとそびえている。冬の間ぶ厚く積っていた雪も解け、山の木々は鮮やかな新緑におおわれていた。

神事を終えると席を大浦城に移した。

神社に参拝した者は本丸御殿に、その他の者は二の丸御殿に案内し、それぞれ釣り合いの取れた者が接待役をつとめた。

円松斎、栃尾靫負、霸浪外記は上段の間に並んでいる。

為信はその前に進み出、お礼の品々を差し出した。

革袋に入れた砂金、蝦夷地で獲れた鷹の羽根、都から買い付けた反物や鳥の子紙などを乗せた朱塗りの折敷が、近習たちによってそれぞれの前にうやうやしく運ばれた。

「大儀である。殿から本日の祝いに託《たく》されたものがある」

円松斎が手を打つと、鞍をおいた馬が御殿の中庭に引き出されてきた。

それも十頭、四肢《しし》たくましい南部産の名馬である。

「かたじけのうございます。大浦家末代まで、ご恩は忘れませぬ」

為信は床に額をすりつけて礼をのべながら、高信主従は何も気付いていないと、計略の成功を確信したのだった。

その夜は盛大な酒宴をもよおした。

主立った百人ばかりを本丸御殿の大広間に招き、贅《ぜい》の限りをつくした酒肴《しゅこう》でもてなした。

二日目は二の丸の馬場に櫓《やぐら》を組んで笛、太鼓、鉦の奏者を上げ、その周りを踊り回る祭りをおこなった。

皆で輪になって踊るのは時宗の念仏踊りが起源と言われているが、この頃には祭りやお盆にも踊るようになっている。

津軽の人間はこうした騒ぎがひときわ好きで、ひとたび熱中すると身分や立場など忘れ、狂ったように激しく踊る。

しかも周りには樽酒を置いて自由に飲ませ、緋色の小袖の尻をはしょった渡島娘たちも参加させたために、大浦家や南部家の垣根《かきね》を越え、皆がひとつになって熱狂の渦を作ったのだった。

為信もおどけたり剽《ひょう》げたりして場を盛り上げながら、時々祭りの場から抜け出して重臣たちに計略の進み具合を確かめた。

「九戸《くのへ》は返事を寄こしたか」

森岡信元に確かめた。

為信が大仏ヶ鼻城を攻め落としたなら、南部本家は総力を上げて津軽に攻め込んでくる。

それを防ぐために、九戸城の九戸政実《まさざね》と同盟し、背後から南部を牽制《けんせい》してもらうことにしていた。

「返事をいただきました。南部本家が兵を出したなら、三戸城下に攻め入る仕度をととのえているそうでござる」

信元は当座の仕度金として、二百貫文の銭を政実に渡したという。

「堀越城の備えはどうじゃ」

こちらを担当する兼平綱則にたずねた。

「改修の人足に姿を替え、すでに五百人が城内に入っております。槍、刀、鉄砲も、筵《むしろ》に包んで持ち込んでおります」

「本丸の仕掛けは」

「東西の門を外から閉ざせるようにいたしました。細工は流々でござる」

仕上げをごろうじろとばかりに、綱則が胸を張った。

「伊勢守、大仏ヶ鼻の様子はどうじゃ」

年長の小笠原伊勢守信清には、高信の城の監視を命じていた。

「変わりはございません。高信どのは仮病を使われたようで、いつものように槍の稽古をしておられます」

信清は息のかかった者を侍女として城内にもぐり込ませている。

その者からの報告によって、

「五月四日には警固番の者たちに暇を出される。翌日は端午の節句ゆえ、家に戻って祝うがよいとの御定《ごじょう》でござる」

そんなことまで摑《つか》んでいた。

「さようか。それは願ってもないことじゃ」

三日目には重臣三人と高禄の者二十人ばかりを茶会に招いた。

点前をつとめるのは都から来た武野紹智《たけのじょうち》という茶人だった。

茶道の祖と言われる武野紹鷗《じょうおう》の弟子で、この日のためにわざわざ都から招いたのだった。

点前は都風の雅やかなもので、茶釜や茶碗などの道具も一流のものばかりである。これには南部家の重臣たちも度肝《どぎも》を抜かれていた。

「大浦どの、いったいどうしてこのような」

高名な茶人を招くことができたのかと、円松斎が神妙にたずねた。

「いろいろ商いの伝《つて》がございまして。お望みなら大仏ヶ鼻城へも行かせましょう」

実は近衛家に出入りしている貞子に、茶人を下向させてくれるように頼んだのである。紹智がそれほど高名な茶人だとは、為信はまったく知らなかった。

茶会の後は懐席と呼ばれる酒宴になる。

この席に烏帽子に水干《すいかん》という男装をした渡島娘をはべらせ、気に入った者がいれば閨《ねや》の供をさせると重臣三人に耳打ちした。

これも貞子から教えられた白拍子の使い方だった。

三日の接待をとどこおりなく終えると、為信は阿保良を閨に呼んだ。うまくやりおおせた満足に、気持は心地よく高ぶっていた。

「お待たせをいたしました」

阿保良は緋色の夜着をまとい、洗い髪を元結で結んでいる。

湯上がりでほんのりと上気した顔は、なかなか艶《えん》な風情《ふぜい》だった。

「三日の間、苦労をかけた。今日はそなたに頼みがある」

「嫌ですよ。夫婦《めおと》ですから、そんなに改まらなくても」

「実はこれから大仏ヶ鼻城を攻める」

「南部と戦《いくさ》を、なさるのでございますか」

阿保良が驚きの声を上げた。

「円松斎らを接待したのは、そのための布石だ。俺はこの津軽の大将となり、やがて南部を倒すつもりだ。そなたには……」

苦労をかけるがと言おうとした口が、阿保良の唇によってふさがれた。

いきなり抱きつかれ、夜具に押し倒されたのである。

「お前さま、ようご決断なされました。それでこそ、大浦家の婿でございます」

そう言いながら唇を吸い、首筋に舌をはわせ、耳たぶを嚙む。湯上がりのせいか話に気持が高ぶったのか、女の芯はすでに濡れそぼっていた。

「さようか。そう言ってくれるか」

為信は体を入れ替え、突き立った一物を阿保良の中に沈めた。

「ああ、凄い」

「そうか。ええが」

「んだ。いつもの何倍も、あずましいだ」

為信の尻を引き寄せ、下から腰を使いながら、阿保良は恍惚《こうこつ》の表情を浮かべた。

「しかしこの企てに失敗したなら、我らは津軽では生きていけぬ。それゆえ」

為信は軽く腰を使って調子を合わせながら、その場合のことを話しておこうとした。

「それゆえ事が破れたなら、一族を連れて新三郎の船で松前に逃げろ。その手配はしてあるし、命があれば必ず迎えに行く」

「ああ、いぐ。わだば、もう駄目《まいね》だじゃあ」

阿保良はすでに歓びの絶頂に登りかけている。

眉根をよせて切なげにあえぐ姿を見ていると、為信はなぜか気持が楽になり、さらなる高みに押し上げてやろうと腰をふり動かしはじめたのだった。

翌日の巳の刻（午前十時）、円松斎らの一行は大仏ヶ鼻城に向けて出発した。

大浦城からはおよそ三里半（約十四キロ）で、一刻（四時間）もあれば充分に着く。

その前に堀越城に立ち寄り、改修後の状況を視察した後で、為信が用意した昼餉《ひるげ》の振舞いにあずかる予定だった。

為信は旗本百騎をひきつれ、警固をつとめながら堀越城まで送っていった。

その横では蠣崎慶広が馬を進めている。大柄の体付きも髭だらけの顔もよく似ていて、まるで影武者を従えているようだった。

「昨夜《ゆうべ》は阿保良どのと、しっぽりいったようだな」

顔がすっきりしていると慶広がからかった。

「久々に三回もした」

為信は自信に満ちあふれている。夫婦になって初めて、阿保良を我が物にした気分だった。

堀越城は大浦城から二里半、大仏ヶ鼻城から一里の位置にある平城である。

らしている。

本丸、二の丸、三の丸からなる広大な敷地を持ち、それぞれの曲輪に堀と土塁をめぐ

大仏ヶ鼻城から津軽平野に進攻する際の前線基地とされたところで、かつては大浦家から南部武田家に養子に行った武田（大浦）守信が城主をつとめていた。

これが為則の弟、為信の父とされた人物だが、守信が天文二十三年（一五五四）の桜庭の合戦で討死した後は、城は土塁が崩れ堀が埋まるほどに荒廃《こうはい》していた。

そこで為信は父にゆかりの城だと言い立て、改修を願い出たのだった。

充分に資金を注ぎ込んだ甲斐あって、土塁も堀も美しく築き直されている。

二の丸の堀だけでも総延長が十五町（約一・六キロ）もあり、土塁は従来のものよりひと回り大きくしていた。

「これは見事なものじゃ。よう成し遂げてくだされた」

円松斎は手放しで誉め、殿もお喜びになられようと言った。

為信は一行を本丸に案内した。

幅三間（約五・四メートル）ちかい堀をめぐらした本丸には、改修にあたる人足たちが使う小屋を三十棟ほど建てている。一千人は充分に収容できる規模だった。

出入り口は西の表門と東の裏門だけで、ここを閉ざせば敵に攻め込まれるおそれはなかった。

「東西の門ばかりか、土塁の上に板塀まで巡らすとは、まことに結構。これでは数万の敵が攻め寄せても、びくともいたすまい」

「かたじけのうござる。大仏ヶ鼻城は目と鼻の先でござるゆえ、夕方までゆるりとお過ごし下され」

昼餉は五つの大鍋で薬草入りの粥を炊き、それぞれ勝手についでもらう施粥《せがゆ》方式にした。

三日三晩の酒宴で飲み疲れているだろうと考えてのことで、皆が気遣いのこまやかさを喜びながら粥をよそった。

むろん酒も肴も充分に用意してあり、三百余の者たちは気の合った者たちと車座になり、帰城前の最後の楽しみを味わっていた。

酒宴が一刻ちかく続いた頃、給仕をしていた為信の家臣たちは、互いに目配せをして東西の門から本丸を出た。

そうして南部の者しか残っていないことを確かめると、東西の門を外から閉めた。

兼平綱則の細工は完璧で、南部勢はもう外に出ることはできない。

接待漬けにされた者たちはそれにも気付かず、酔《え》い食《くら》って気勢《きせい》を上げているのだから可愛いものだった。

この成功を見届けると、小笠原信清が大仏ヶ鼻城に使者を送り、

「円松斎どの以下の方々は、今夜は堀越城にお泊りになり、明朝卯の刻（午前六時）にご帰城なさいます」

そう伝えさせた。

円松斎らが堀越城に入ったことは大仏ヶ鼻城から目視しているので、南部家では何の疑いも持たずにこれを信じた。

翌五月五日の卯の刻、為信は精鋭三百をひきいて大仏ヶ鼻城の大手門に進み出た。

「金沢円松斎どの以下、ご使者の帰城でござる。開門願いたい」

大声の者にそう告げさせると、門番はあわてて門を開けた。

先兵が四人の門番を手際良く討ち果たすのを待って、為信は騎乗のまま城内に乗り込んだ。

階段状に配した曲輪の横には、広々とした大手道を通してある。

十三楯の者たちが門を閉ざして寝静まっているのを尻目に、大仏ヶ鼻城に向かって真っ直ぐに進んだ。

後方では信元、信清が二百ずつの手勢をひきい、敵が館から討って出て来た場合に備えている。

火縄に火をつけた鉄砲隊三十人も、異変があればすぐに撃てる構えをとっているが、聞こえてくるのはうぐいすの鳴き声ばかりだった。

曲輪の最上段にある大仏ヶ鼻城の門は閉ざされたままである。だが軽業師上がりの善蔵、源蔵が塀をこえて城内に飛び込み、内側から門を開けた。

城内に乱入すると、異変に気付いた十人ばかりが槍を手に裸足《はだし》で飛び出してきたが、鉄砲のいっせい射撃でことごとく打ち倒した。

為信は間髪いれずに御殿に走り込み、ふすまを蹴倒して閨を襲った。

高信は白小袖姿で太刀を構え、背後の若い妾を守ろうとした。

七十を過ぎても、裸の女を添い寝させていたのである。

「小僧、何のたわむれじゃ」

「たわむれではない。今日から俺が津軽の大将になるのだ」

「円松斎らは、どうした。そちの軍門に下ったか」

「堀越城で虜《とりこ》にした。黙って津軽から出て行くなら、命を取るつもりはない」

「ならばわしを討ち果たすがよい。そのかわり、女子供は南部に返してくれ」

高信は若い妾に、早くここを出て仕度をせよとうながした。

女はしばらくためらってから、夜着を引っかぶるようにして出て行った。

「さあ、かかって来い。遠慮はいらぬぞ」

高信は刀を右下段に構えると、左足を半歩前へ踏み出した。

隙のない見事な構えで、幾多の修羅場をくぐり抜けた古武者の風格があった。

「勝負はすでについている。お手前も城を落ちたらどうだ」

「たわけたことを申すな。この期に及んで情《なさけ》など無用じゃ」

「情ではない」

為信は高信が嫌いではない。

子供の頃からあおぎ見てきただけに、手にかけたくはなかった。

「小僧、そちは津軽の信長になるとほざきおったそうだな」

「それがどうした」

「信長なら千人万人を殺すことをためらいはせぬ。わし一人を殺せぬようで、大口を叩くな」

「ならば来い。望み通り斬ってやる」

「その前に、ひとつ教えてやろう」

貞子の腹に子種を植えたのは、このわしだ。高信は事もなげに言ってにやりと笑った。

「馬鹿な。そんなはずがあるか」

「そう思うなら、貞子に聞いてみろ。あやつが白拍子として当家に出入りしていたことは、家臣の誰もが知っておる」

「そんなら、俺の親父は……」

為信が動揺に打ちのめされそうになった時、高信は一間ばかりの距離を跳んで右下段から斬り上げた。

為信は反射的に後すさり、切っ先をかわしざま右上段からの斬撃を放った。長い腕が充分に伸び、切っ先が高信の左の肩から右の脇腹まで切り裂いた。

「それで、良い。どんな時にも……」

高信はあえぎながら何かを言おうとしたが、口から血を吐いてうつ伏せにどさりと倒れた。

どんな時にも取り乱してはならぬ。そう言おうとしたのなら、父だと言ったのは動揺を誘うための罠だったのだろうか。

為信は初めて人を斬った衝撃に震えながら、三十八年もの間津軽に君臨してきた男の骸《むくろ》を茫然とながめた。

大仏ヶ鼻城を落とした為信は、その日のうちに和徳城も攻め落とし、南部勢を一掃した。時に為信二十二歳。わだば信長になると決意してから十一年もかかったが、津軽統一への第一歩を雄々しく踏み出したのだった。

景虎、佐渡へ

長尾景虎

一

古志長尾《こしながお》家の菩提寺である普済寺《ふさいじ》は栖吉《すよし》城の西のふもとに位置している。

越後東部の山間の地から信濃川ぞいに広がる平野に出る格好の位置である。

寺で行なわれた亡父長尾為景《ためかげ》の彼岸《ひがん》の法要の後で、長尾景虎《かげとら》は母親の青岩院《せいがんいん》に呼ばれた。

「私はあと十日ほど寺にとどまり、夫の供養をさせていただくことにしました。ついてはあなたに頼みがあります」

青岩院は若くして為景の後添いとなり、十九歳の時に景虎を産んだ。今年で三十七になるが、為景の死後剃髪《ていはつ》したのを惜しまれるくらい若々しく美しかった。

「何でしょうか」

景虎はすでに帰り仕度を終えていた。

「栃尾の館から荷物を取ってきてもらいたいのですが、女子《おなご》の品ゆえ男では用が足りません。喜久野《きくの》に頼みますので、城まで連れて行って下さい」

「何が必要かを書いていただければ、侍女に届けさせます。何も喜久野どのをわずらわせなくても」

「もう頼んであります」

青岩院の言葉を待っていたように、引き戸を開けて喜久野が姿を現わした。

小袖に裁着袴《たつつけばかま》という出立ちで、髪をひっつめて男のように見せかけている。小太刀の腕も立つ勝気な従姉で、景虎より一つ上だった。

「驚いたな。どうしてそんな格好をしているのですか」

「景虎さまは馬で帰られるでしょう。足手まといにならないように、わたくしも馬で参ります」

「しかし、森立峠《もったてとうげ》は難所ですよ」

「大丈夫。何度も通っていますから」

喜久野は遠乗り用の陣笠まで用意していた。

寺の外では二人の従者が馬の仕度をして待っていた。

すらりと背が高い秀才肌の本庄清七郎《ほんじょうせいしちろう》、中背で肩幅が広い力持ちが高梨源五郎《たかなしげんごろう》。

景虎が股肱《ここう》と頼む近習《きんじゅう》だった。

「殿、こちらのお方は」

清七郎が怪訝《けげん》な顔をしてたずねた。

「長尾……、喜久三郎どのだ」

景虎は説明するのが面倒で適当なことを言った。

四人は馬を連ねて栃尾往還と呼ばれる山道を東へ向かった。

三里（約十二キロ）ほど走ると景虎が居城としている栃尾城に着くが、間には森立峠があってつづら折りの険しい道がつづいていた。

峠の標高は四百十一メートル。

北から南につづく尾根が屏風《びょうぶ》のように切り立っている。

中腹までは比較的なだらかだが、先に進むにつれて傾斜がきつくなり、道は右に左に折れ曲がりながら尾根に向かっていく。

道幅は狭く折れ方が急なので、余程うまく手綱《たづな》を取らなければ馬が足を踏みはずす危険があったが、景虎主従は楽々と登っていった。

景虎の後ろについた喜久野も、無理なくついてくる。

その様子に目をやった景虎は、鞍の前輪《まえわ》を軽く叩いて前を行く清七郎に少し急いでみろと合図を送った。

清七郎は心得たもので、鐙《あぶみ》を蹴ってだく足に移った。

かなりの技術を要する速さだが、喜久野は少しも動じない。鐙を踏ん張って前傾し、曲がりでもうまく体の均整《きんせい》を保っている。

面長であごの尖った顔立ちも、勝気そうな切れ長の目と眉も青岩院によく似ている。大柄なので男の装束がよく似合っていた。

景虎は意地になってもう少し急がせてみた。

喜久野は額にうっすらと汗を浮かべながら、間隔をあけることなく付いてきた。

悲鳴を上げたのは、最後尾を行く年嵩《としかさ》の源五郎である。

「殿、急ぎすぎでござる。これでは馬が足を痛めますぞ」

あえぎながら訴えた。

程なく峠に着いた。眼下には信濃川が南から北に向かって悠然《ゆうぜん》と流れている。甲武信《こぶし》ヶ岳を源流とし、信濃では千曲川《ちくまがわ》と呼ばれる大河である。

信濃なる千曲の川の細石《さざれし》も

君し踏みてば玉と拾はむ

万葉集にはそんな恋歌が納《おさ》められているが、歌の通り広々とした河原は上流から押し流されてきた小石にびっしりとおおわれていた。

川の両側には広大な平地が広がっているが、田畑として使われているのは一部にすぎない。治水ができないために、ひとたび洪水が起こるとあたりが水びたしになるからだ。

平野の向こうには緑色をおびた日本海が広がっている。

冬には灰色に閉ざされて荒れ狂う海も、春の到来とともに美しくおだやかな姿を見せていた。

「景虎どの、今日は佐渡島《さどがしま》が見えまする」

喜久野が北西の彼方を指さした。

春霞《はるがすみ》がかかる水平線に黒い影のようにうっすらと見える。それが島なのか黒雲なのか、景虎には見分けがつかなかった。

「島ですか。あれは」

「宝の島です。先代為景さまは、あの島のお陰で守護代になることができたそうです」

初めて聞くことだが、景虎はそれ以上たずねなかった。

自分の父親のことを何も知らないとは思われたくないのだった。

坂道を馬で行くのは、登りよりも下りのほうが難しい。

前のめりになりすぎれば馬が足を止めるし、後ろに傾きすぎれば走り出そうとする。

普通は馬の口取りがいなければ通れないようなつづら折りの難所を、四人は慎重に下りていった。

山は東向きの斜面になり、背の高い雑木が立っている。長い冬に耐えた木々は新芽を出し、枯れ葉におおわれていた地面にも下草が生えそろっていた。

道を折れるたびに馬の向きを北へ南へと変えながら進んでいると、頭上の梢《こずえ》がカサッと音を立てた。

風に揺れる音とはちがうざわつきに、景虎は異変を感じてそちらを見やった。

灰色の装束に身を包んだ男が、半弓を引き絞ってこちらを狙っている。

「敵だ、右」

景虎は叫びながら左の鐙に体重をかけ、馬の左の脇腹に体を隠した。

頭上をかすめて矢が飛び、すぐ側の木に突き立った。

と同時に、背後で人が転がり落ちる音がした。

景虎のように身をひそめようとした喜久野が、鞍をつかみそこねて下に転げ落ちている。

景虎は馬から飛び下り、同じように転がって後を追った。

急斜面で勢いを増し、つづらに折れた下の道に落ちると、喜久野に折り重なるようにしてようやく止まった。

灰色の装束の男は猿《ましら》のように枝から枝を伝って後を追い、綱を使って二人の側に下り立った。

着地と同時に背中につけた忍び刀を抜いた。

顔を白い覆面でおおい、赤く充血した目だけを出している。

景虎は倒れたままだった。

このまま斬り付けられたら防ぎようがなかったが、刀をふり上げた瞬間、敵はわずかな迷いを見せた。

景虎と男装束の喜久野はよく似ている。どちらが本物か見分けがつかなかったのである。

景虎はその隙をついて敵に体当たりし、刀を抜いて右八双の構えを取った。

「長尾景虎と知っての狼藉か」

鋭い声を上げたのは敵を威嚇《いかく》するためばかりではない。清七郎と源五郎に居場所を知らせるためだった。

敵は剣の腕では及ばないと思ったのだろう。清七郎らが馬で駆け付けるのを見ると、道の下側の木にむささびのように飛び移り、木立の中に姿を消した。

「殿、お怪我は」

清七郎が馬から飛び下りた。

「何ともない。化け物のような奴だったが、喜久三郎どののおかげで助かった」

「いったい何者でしょうか」

「白い覆面をしていた。誰かが雇った忍びであろう」

景虎は栃尾城にもどり、重臣たちを集めた。

急を聞いて集まったのは栃尾城主の本庄美作守実乃《みまさかのかみさねより》、信州中野城主高梨政頼《まさより》、そして栖吉城主の長尾景信《かげのぶ》である。

景信は喜久野の、実乃は清七郎の、政頼は源五郎の父で、景虎を支える有力者たちだった。

「それは上杉《うえすぎ》家に仕える忍びかもしれませぬな」

最年長の実乃が口を開いた。

上杉管領《かんれい》家が相模を領していた頃、風魔《ふうま》と呼ばれる忍びを使っていた。今は北条《ほうじょう》家に相模を奪われたが、風魔の中には上杉家に従っている者がいるという。

「するとお館さまが命じられたと」

景信が怒りをあらわにした。

お館さまとは越後守護の上杉定実《さだざね》のことである。

定実は守護代である長尾為景のために地位を追われていたが、六年前に為景が他界し、景虎の異母兄である晴景《はるかげ》が後を継ぐと、晴景を懐柔《かいじゅう》して守護の地位に返り咲いた。

晴景のこうしたやり方に反対する者たちは、景虎を守護代に擁立して新しい体制を築こうとしている。

そのために長尾一門や越後の国衆は晴景派と景虎派に分れ、一触即発の睨み合いをつづけていた。

「お館さまかどうかは分りませぬが、景虎さまを亡きものにしようと企む輩《やから》の仕業にち

がいいるかとたずねた。

切れ者と評判の政頼が、今日の法要に景虎が参列することを知っている者はどれくらいいるかとたずねた。

「彼岸の法要のことは長尾一門に触れましたが、景虎さまが参列なされるとは誰にも告げておりません」

景信が答えた。

「ならば景虎さまに見張りをつけていたのであろう。城中に密偵をもぐり込ませているのかもしれぬ」

「すると再び襲われる恐れがあるということじゃ。春日山城との争いのけりがつくまで、身を隠していただいた方がいいかもしれぬ」

主戦派の筆頭である実乃が、同意を求めるように景虎を見やった。

「どこかの山寺にでも、潜んでおくということか」

景虎は思わぬ成り行きに戸惑っていた。

「それではすぐに見つけられ、かえって危のうござる。いっそ佐渡島にでも渡られたらいかがでございますか」

「それは良うござる。沢根《さわね》の本間《ほんま》どのに頼めますし、寺泊《てらどまり》から船の便もありまする」

景信が同意し、さっそく手配にかかると勇み立った。

三日後、景虎は二千の軍勢をひきいて領内の打ち回りを行なった。

越後国中郡の一門や国衆を集め、栃尾城から栖吉城に向かい、信濃川ぞいの道を下って日本海に面した黒滝《くろたき》城まで足を伸ばし、勢力を誇示した。

これは景虎の暗殺を狙った者たちに力を見せつけて牽制《けんせい》すると同時に、景虎が佐渡に避難するための手立てでもあった。

黒滝城の近くには寺泊の港がある。

城に着いた景虎らはひそかに搦手門《からめてもん》から抜け出し、廻船問屋の能登屋を訪ねた。

翌日、打ち回りの一行は景虎の鎧《よろい》を着た影武者を立てて栃尾城に向かい、景虎らは能登屋の船で佐渡に向かうことになった。

天文十七年（一五四八）三月二十五日のことで、同行したのは清七郎と源五郎、喜久野と警固の兵五人だった。

評定《ひょうじょう》の席で佐渡へ行くと決った時、

「それならわたくしもお供します」

喜久野はそう申し出た。

景信は足手まといになると引き止めたが、喜久野は景虎が刺客に襲われた時、窮地を救ったのは自分だと言い張って強引に認めさせたのだった。

明け方に寺泊を出た能登屋の船は、おだやかに凪《な》いだ海を真西に向かっていく。

佐渡島は北西に位置しているが、対馬海流が南から北に向かって流れているので、真西に向かっていても自然と北に流されていく。

景虎は舳先《へさき》に立ち、ひんやりとした風を受けながら海を見ていた。

冬場に荒れ狂っていたのが嘘のように、海はおだやかに静まっている。

青い空と海が水平線で重なり合うのをながめていると、狭い箱から出たように心が伸びやかになった。

春日山城に住んでいた頃、海をながめてはるか遠くへ行ってみたいと夢見ていた。ところが実際には城から出る自由はなかったし、父の死後に栃尾城に移ってからは山の中での暮らしを強いられてきた。

しかも近頃では晴景派との対立が激しくなり、今にも戦が始まりそうな雲行きだが、景虎はそうした争いを望んでいない。

家を継ぎたいとも兄が憎いとも思っていないのに、重臣たちに担がれて否応なくその方へ押し流されていく。

佐渡に行くことに同意したのは、そうした息苦しさから逃れたいからだった。

「決して足手まといにはなりませんから」

喜久野が側に来て舳先に並んだ。

男装束のまま髪を後ろで束ねているのは、景虎に似せて影武者の役をはたそうとしているからだった。

「母上から何か言われたのではありませんか」

「あら、何かって？」

「側にいて身の回りの世話をしろとか、やがては嫁になってくれとか」

普済寺で喜久野を連れて行ってくれと頼まれた時から、景虎はそう察していた。

十九歳になってもまったく異性に興味を示さない息子を、青岩院はひそかに案じていたのである。

「知りません。たとえそうだとしても、認められるはずがないではありませんか」

「まあ、そうでしょうね」

「でも、そう思って下さるなら嬉しいです」

喜久野は決意に満ちた表情で真っ直ぐ沖を見つめたままだった。

寺泊から佐渡島の小木《おぎ》港まではおよそ十二里（約四十八キロ）。

追い風に恵まれなかった船は大海原を櫓走《ろそう》で進み、その日の夕方に港に入った。

翌朝船を出し、沢崎鼻《さわさきはな》の沖をまわると船足が急に速くなった。

沢崎鼻で北と東に隔てられた対馬海流が、島伝いに北に向かって流れている。

その流れに船を任せていると、すべるように真野《まの》湾に入って行った。

直径二里ほどもある半円形をした湾で、南西に向かって口を開けている。港の左手には大佐渡山地、右手には小佐渡丘陵が平行に走り、間には両津湾までつづく国仲平野が広がっていた。

真野湾の中心の港は佐和田《さわた》（雑太）港である。

だが船は湾の西の播磨川の沖で停泊した。すると河口の港から五艘の小舟が漕《こ》ぎ寄ってくる。

先頭の船には直垂《ひたたれ》を着て烏帽子《えぼし》をかぶった六十がらみの武士が乗り込んでいる。これが沢根城主の本間摂津守《せっつのかみ》だった。

「景虎さま、よくぞお越し下された。お待ちしておりましたぞ」

摂津守が船縁《ふなべり》を見上げて胴間声《どうまごえ》を張り上げた。

豪傑張った髭《ひげ》を黒々とたくわえているが、陽気で気の良さそうな男だった。

景虎が縄梯子《なわばしご》をたどって小舟に乗り移ると、摂津守がふらつかないようにしっかりと体を支えた。

つづいて清七郎、源五郎、喜久野が下り立ち、他の者は次の小舟に乗ることになった。

「御曹子に来ていただくとは夢のようでござる。若い頃の為景さまによく似ておられる」

あれはもう三十年以上も前のことだと、摂津守は為景との思い出を語った。

永正六年（一五〇九）、為景は上杉定実を奉じて関東管領である上杉顕定《あきさだ》からの独立を画策した。

これを知った顕定が大軍をひきいて越後に攻めてきたために、為景と定実は越中に逃亡せざるを得なくなった。

ところが翌年、為景は越中から佐渡に渡り、本間家や国衆の支援を得て越後に攻め込み、顕定勢に大勝して春日山城を奪い返したのである。

「あの時の戦いに、それがしも本間の先手衆をひきいて加わっておりました。この佐渡島は為景さまが劣勢を挽回《ばんかい》された宝の島でござる。景虎さまにもかならず福をもたらしましょう」

摂津守は景虎が長尾家の家督をめぐって晴景と争っていることを知っている。為景の話をしたのは、景虎を支持する考えに揺らぎはないと伝えるためらしかった。

二

沢根城は播磨川と質場《しちば》川《がわ》の間の高台にあった。

南は海で、北は大佐渡山地のはずれの小高い尾根になっている。

尾根をこえた所にある相川は、後の佐渡金山の中心地として発展することになるが、この頃にはまだひなびた寒村だった。

沢根本間家はすでに摂津守の息子の左馬助《さまのすけ》の代になっている。

長尾家が越後の各地に散らばっているように、本間家も佐渡の各地に分立し、協力したり反目したりしながら勢力を保ってきたのだった。

景虎らは播磨川の西側の高台にある専得寺の塔頭《たっちゅう》を宿所にした。摂津守が隠居所にしていたが、景虎らに引き渡して西隣の白山神社の社務所に移ったのである。

「これが悴《せがれ》の左馬助でござる。ちょうど為景さまが佐渡島から出撃された年に生まれ申した」

摂津守は左馬助を連れて挨拶に来た。

出撃したのは永正七年（一五一〇）だから、三十九歳ということである。顎の張った四角い顔に薄い口ひげをたくわえ、どんぐり眼《まなこ》を忙しなげに動かしていた。

「本間左馬助直明《なおあき》と申します。景虎さまにお越しいただき、当家末代までの誉《ほまれ》でございます」

左馬助は型通りの挨拶をしたが、あまり歓迎している様子ではなかった。

寺からのながめは素晴らしかった。

南には真野湾を一望することができる。満々と水をたたえておだやかに凪いでいる半円形の湾は、一年中魚が獲《と》れる漁業の宝庫であり、日本海を往来する廻船の寄港地でもある。

西をながめれば弧を描いて海岸線がつづき、白い砂浜が波に洗われている。魚の群を追ってカモメや海猫が飛び交っているが、その中に時折羽根の裏が薄桃色をした白い鳥が交じっていた。

カモメや海猫に較べると動きも鈍く、体の重さに手を焼いたような不器用な羽ばたき方をしているが、羽根を広げくちばしを突き出して飛ぶ姿はなかなか優雅だった。

「あれは朱鷺《とき》という鳥です。湿地に下りて虫や小魚を食べます」

喜久野が教えてくれた。

動きが鈍いので、他の鳥たちと争わないようにひっそりと生きているという。

「殿、あのあたりが西三川《にしみかわ》と申します」

清七郎が湾の南側の田切須《たぎりす》鼻《はな》のあたりを指さした。

古くから砂金が獲れることで知られた所で、為景が佐渡に渡ったのも西三川の砂金を押さえて資金源にするためだったという。

「そのようなこと、聞いたこともないが」

景虎はそのことについても知らなかった。

「それは敵の手に渡ることを恐れて秘密にしておられたからでございます。佐渡が宝の島と呼ばれるのは、砂金が大量に獲れるからでございます」

永享六年（一四三四）に佐渡に流罪になった世阿弥《ぜあみ》は、『金島書』の中で佐渡を「こがねの島」と記していると、清七郎はそこまで詳しく知っていた。

島での暮らしは快適だった。

景色は美しく魚の幸、山の幸は豊富で、時間はのどかに流れている。

栃尾城に移って以来五年間、常に合戦の危機と直面してきた景虎にとって、久々に経験するおだやかな日々だった。

ところが半月もしないうちに妙だと思うようになった。

時折背後の尾根の中腹から煙が上がるし、そこから荷を担ぎ下ろして城内に運び込んでいる者たちがいる。

「あの煙は何だ」

摂津守にたずねると、炭を焼いていると答えたが、炭焼きならあれほど長い間煙が上がることはないはずだった。

しかも景虎らを見張っている者がいて、城外に出る時には必ず数人の案内をつける。そして不都合な所には行かないように、それとなく監視《かんし》していた。

(何だろう。我らに知られたくないことが、何かあるのだろうか)

景虎はそんな疑いを持ってそれとなく様子をうかがっていたが、ある時事件が起こった。

前の海で釣りをしていた時、七つくらいの少女が喜久野に抱きついてきたのである。

「おっ父《とう》と兄《あん》ちゃんを返して下さい。おっ母《かあ》が病気なんです」

腰にしがみついて訴えた。

監視役があわてて引き離そうとしたが、少女はしがみついた手を離そうとしなかった。

「待て。話を聞こうではないか」

景虎は監視役を下がらせ、少女を座らせて落ち着かせた。

「どうしました。父上と兄上に何かあったのですか」

喜久野がたずねた。

「お殿さまの家来に連れて行かれたまま、もどって来ません。おっ母は病気になって寝たきりで」

食事の仕度もできないと、少女は声を上げて泣き出した。

お夏《なつ》という名の少女は、峠の向こうの相川の漁師の娘だった。

景虎はお夏を寺に連れ帰り、摂津守を呼んで事情をただした。

「いや、それは、そのう」

しどろもどろで返答ができないまま、しきりにあごのひげをねじった。

「お夏の父と兄を連れ去ったのは事実なのだな」

「しかとは承知しておりませんが、そうかもしれません」

「どこへ連れて行き、何をさせておる」

「申し訳ございません。その件については、明日悴に説明させますので」

しばし猶予してほしいと、摂津守は額を床にすりつけて頼み込んだ。

翌日、朝餉《あさげ》を終えた頃に摂津守と左馬助が連れ立って訪ねてきた。

摂津守はまだ動揺から立ち直れない様子だが、左馬助は覚悟の定まった落ち着いた表情をしていた。

「父におたずねのあった件ですが、お夏の父と兄は確かに当家で働らかせております」

「どこで何をしておる」

「ここでご説明するより、現場を見ていただいた方がいいと思います。ご同行いただけませんか」

「お、おい、左馬助」

摂津守があわてて止めようとした。

「いいのです。天が与えてくれた機会かもしれませんから」

行き先は裏の山をわけ入った所だという。

景虎らは身仕度をしてついて行った。

城中からつづく細い道をさかのぼると、谷川が流れる沢に出た。水量は少ないが、きりりと澄んだ美しい水だった。

「ここは鶴子沢《つるしさわ》といいます。ここからもう少し登ったところです」

谷川ぞいの道は狭いが、人の足で踏み固められ、まわりの草も刈ってあった。

さらに先に進むと道は急に険しくなり、右に左に折れながら尾根へつづいている。

景虎は木の幹につかまって登りながら、ふと頭上に人の気配を感じた。

刺客ではないかと身構えたが、山鳥がけたたましい羽音を立てて飛び去っていったばかりだった。

額に汗を浮かべながら道を登りきると、平坦な場所に出た。

尾根より少し下がった所が広々と開け、十棟ばかりの小屋が建ち並んでいる。板屋根を丸太の柱で支えた粗末な小屋で、二十人ほどの村人が働いていた。

「ここは百枚平《ひゃくまいだいら》と呼んでいますが、近頃このあたりで銀がとれるようになりました。ここで鉱石を砕《くだ》いて製錬しております」

左馬助が作業場の鉱石をつかんで景虎に示した。

小さく砕いた小石の中で、銀が白く鈍い光を放っていた。

「左馬助さま、お待ち申し上げておりました」

赤銅《しゃくどう》色に日焼けした五十がらみの男が、配下を一人従えてやって来た。

「これは外山《とやま》茂右衛門と申す寺泊の商人です。この銀山を見つけ、掘り出したいと申し出て参りましたので、すべてを任せております」

「景虎さま、お目にかかれて恐悦《きょうえつ》でございます」

茂右衛門は地にひれ伏して銀山を見つけたいきさつを語った。

寺泊の能登屋の手代をしていた茂右衛門は、年に一、二度炭の買い付けに佐渡に来ていた。

六年前の夏に真野湾に向かっていた時、沢根の裏山が陽に照らされて白く輝いているのに気付いた。

これはもしやと思い、上陸してこの場を訪ねてみると、銀鉱石が山肌からむき出しになっていた。

梅雨の大雨で山が崩れ、鉱石が地表に現われていたのである。

「そこで本間さまのお許しを得て、銀を掘らせていただくことにしました。掘り場はこの林の奥でございます」

茂右衛門の案内で現場を訪ねてみた。

雑木林を抜けると岩場の尾根がつづいている。それが銀鉱石で、二十人ばかりの掘り子がノミを手に岩に取りついていた。

露天掘りと呼ばれるやり方で、鉱石の大きさを見ればあと何十年も掘りつづけられそうだった。

「お夏の父と兄は、ここで働らかされているということか」

景虎の問いに、左馬助が無言のままうなずいた。

「どうしてこれほど厳重に隠している」

「河原田の本家に、銀山のことを知られたくないからでございます」

「運上《うんじょう》のことか」

「本家は西三川の砂金山から五割の運上を取っております。ここはまだ掘り始めたばかりですから、それだけの運上を取られればやっていけません。それに」

左馬助はいったん言葉を切り、本家は春日山城の晴景さまと通じていると言った。

「それは、まことか」

「間違いございません。当家は景虎さまに心を寄せておりますので、敵を利するようなことをしたくないのでございます」

「そうか。兄上はそこまで」

覚悟を決めて景虎を排除しようとしているのである。

河原田本間家に手を回したのは、合戦になった時に資金を調達するためにちがいなかった。

「景虎さま、お願いでございます。当家を家来と思し召して、この銀山の開発にお力を貸して下されませ」

左馬助が膝を折って頼み込んだ。

茂右衛門も横に並んで頭を下げた。

「力を貸すとは」

「ひとつは直臣に取り立てていただくことでございます。そうすれば本家から独立する名分が立ちます」

「なるほど。さようか」

「もうひとつは、灰吹法《はいふきほう》という製錬技術を導入することでございます」

石見《いわみ》の銀山ではすでに導入し、生産量と製錬純度を上げているというが、左馬助や茂右衛門には伝《つて》がないので教えてもらえない。

長尾家の力で、石見の小笠原《おがさわら》家に頼んでもらいたいというのである。

「もし、それができたらどうする」

景虎は頭の中で晴景に対抗する策を思い描き始めていた。

左馬助は茂右衛門と顔を見合わせ、

「五割の運上を、景虎さまに納めさせていただきます」

額を地面にすりつけて申し出た。

景虎は引き受けることにした。

為景が佐渡を資金源にして上杉管領家に勝ったように、佐渡の銀山を身方につければ晴景の機先を制することができるかもしれなかった。

景虎はまず石見銀山を領する小笠原長雄《ながかつ》に依頼の書状をしたためた。

面識はないが、長尾家と信濃の守護である小笠原長時《ながとき》とは親交がある。

信濃と石見の小笠原家は同族で今も親交があるので、長時との親密さを強調して必ず恩義にむくいると約束すれば、長雄も無下《むげ》にはしないはずだった。

使者は高梨源五郎と外山茂右衛門をつかわすことにした。

源五郎は信州中野城主の息子なので、小笠原長時とは何度か対面したことがある。

茂右衛門には石見銀山を見学して、最新の採掘法と製錬法を学んでくるように申し付けた。

「見ただけでは覚えられまい。石見から出来るだけ多くの職人に来てもらえ」

そのためには銭が必要だが、いくら用意できるかと左馬助にたずねた。

「銀の貯《たくわ》えが十貫（約千六百万円）ほどありますが」

左馬助はなるべく少なくと胸算用をしていた。

「それでは足りぬ。西三川から砂金を二百両（約千六百万円）ほど借りてくれ」

船は能登屋の廻船を使うことにした。

若狭の小浜まではよく行っているので、石見まで足を延ばすこともできるはずだった。

すべての準備をととのえて真野湾から船が出たのは、六月十五日のことだった。

夏の盛りで海は青く輝いている。空には白い入道雲が立っているが、十日か半月は天気が崩れる心配はなさそうだった。

「源五郎、長雄どのにこれを渡してくれ」

景虎は愛用の日の丸の扇を託した。

扇面には水茎《みずぐき》の跡も鮮やかに、

花の御所の宴《うたげ》で語りつくすらん

遠く離れし月日ありしを

即興《そっきょう》の歌を記している。

今は遠く離れているけれども、室町御所の将軍の宴で親しく語り合う日も近いでしょうという意味だった。

港に出て船を見送った後、景虎は左馬助を呼んだ。

「家臣に忍びの心得がある者はいるか」

「おりまする」

「その者を河原田城に入れて、内情をさぐらせることができるか」

「それならば、拙者の妹が本家に嫁いでおります。たいがいのことはさぐってくれましょう」

さっそく手配すると、左馬助が頼もしげに請け合った。

六月晦日は夏越《なごし》の大祓《おおはらえ》である。

正月から半年の間にたまった穢《けが》れや厄災《やくさい》を人形《ひとがた》に移して川や海に流し、茅《ち》の輪をくぐって無病息災を願う。

城内の白山神社でも早朝から大祓が行なわれ、夕方には境内《けいだい》の能舞台で薪能《たきぎのう》が演じられた。

佐渡島は能が盛んで、村ごとに能舞台があり、芸を継承した村人たちの一座がある。世阿弥が佐渡に流罪になっていた時に村人たちに謡曲と仕舞いを教えたことがきっかけとなり、能が津々浦々で演じられるようになったという。

それは沢根村でも同様で、本間家の家臣たちが夏越の大祓を祝って謡曲『屋島』を演じることにしたのだった。

景虎も清七郎や喜久野らを連れて見物に行くことにした。

佐渡島に来て三ヵ月になるが、喜久野は男装のままだった。

女物の着物も持参していて、景虎の身の回りの世話をする時には、たおやかな姿になって誘うような仕草をすることがあった。

ところが景虎はまったく興味を示さなかった。

幼い頃に林泉寺に入り、天室光育《てんしつこういく》禅師から厳しく戒律《かいりつ》を叩き込まれたせいか、それとも生まれつきそういう資質を欠いているのか、女性に対して性的興味がわかないのである。

それは残酷なばかりの無関心で、喜久野も何度かそういう仕打ちにあううちに、女物を着ようとはしなくなった。

「殿、それでは喜久野どのの立つ瀬がありませぬぞ」

清七郎が見かねてたしなめたが、心が動かないのだからどうしようもなかった。

境内には桟敷《さじき》が作られていた。

柱を組んで席を作り、本間家の重臣たちが座っている。

舞台と桟敷の間の土間には筵《むしろ》を敷き、家臣や領民二百人ばかりが酒を飲みご馳走《ちそう》を食べながら幕が開くのを待っていた。

「景虎さま、さあ、こちらに」

摂津守が酒に酔った赤ら顔で桟敷に案内した。

円座をおいた中央の席で、左右には本間家の重臣たちが控えていた。

「今日は倅がワキの僧を演じ申す。昔はそれがしも名人と言われたものでござるが、膝を痛めてからは出してもらえぬのでござる」

「領主殿でも出してもらえぬのか」

「芸の前では皆が平等でござってな。下手は舞台に立てぬのでござる。それが世阿弥さまがこの島に残して下さった一番の教えでござるよ」

やがて幕が開き、旅の僧に扮《ふん》した左馬助が登場した。

「これは都方より出でたる僧にて候。われ未《いま》だ四国を見ず候ほどに、この度思ひ立ち西国行脚と志《こころざ》し候」

左馬助の声は見事だった。

ちゃんと発声法まで身につけていて、普段話している時とはまったくちがう芯の太いよく通る声を出している。

それ以上に驚いたのは、言い回しや抑揚《よくよう》の妙だった。

『平家物語』に材を取った『屋島』は修羅能の代表作で、景虎も春日山城で何度か見たことがある。

都で名を知られた演者だったが、それよりも素朴《そぼく》で力強くて胸を打つ。

それはおそらく世阿弥が伝えた頃の台詞《せりふ》回しを、百年以上もの間受け継いでいるからにちがいなかった。

やがて屋島に着いた僧が塩屋に泊めてもらおうとしていると、年老いた漁師が現われて、この地で起こった源平合戦についての物語を始める。

海に浮かぶ平氏の船団と、それを攻める源義経の話である。

まるで拍子を取るかのように、寄せては返す波の音が真野湾から聞こえてくる。

日が暮れるにつれて、舞台はかがり火に彩られて幽玄《ゆうげん》の色合いをおびていく。

景虎はいつの間にか能の世界に引き込まれ、我知らず身を乗り出していた。

七月十五日は盂蘭盆《うらぼん》である。

多くの家では仏間に灯明をともし、団子や果物などをそなえて先祖の霊を迎える。

沢根本間家でも専得寺で盛大な供養をした後、順徳《じゅんとく》上皇の火葬塚である真野御陵にお参りに行くことになった。

「僭越ながら、皆さまもご一緒にいかがでござろうか」

摂津守に誘われ、景虎は皆を連れて同行することにした。

弓なりになった海沿いの道を歩きながら、摂津守が墓参の理由を語った。

「当家の祖は相模国本間郷の出でござるが、鎌倉幕府の世になって守護代としてこの島に赴任いたしました」

ところが間もなく承久の変が起こり、順徳上皇が佐渡に流罪となった。

本間家は守護代としてお世話と監視にあたったが、上皇はついに許されることなく仁治三年（一二四二）に島で崩御されたのである。

「流罪となって二十一年後のことでござる。上皇さまは真野の真輪寺《しんりんじ》を行宮《あんぐう》とし、崩御の後には寺で荼毘《だび》に付されました。当家の先祖たちは幕府の命に従い、心ならずも上皇さまをこの島に幽閉《ゆうへい》する所業に手を貸してしまいました。それゆえ真野御陵と真輪寺を大切に守り、お盆には必ず供養をさせていただいているのでござる」

佐和田港を過ぎて真野湾の東側に回ると、真野川が海にそそいでいる。水が澄んだ渓流《けいりゅう》ぞいの道を、四半里ほどさかのぼった所に真輪寺があった。苔むした山門の奥に檜皮葺《ひわだぶき》の本堂がある。本堂の脇の道をさらに奥に進むと、石組みの土台の上に丸く土を盛った真野御陵があった。

まわりには杉の巨木が立ち並び、清浄な空気に包まれている。

摂津守が言った通り、崩御から三百年以上もの間手厚く守られてきたことが一目で分かる荘厳さだった。

御陵の前に置かれた棚に供養の品々が納められ、真輪寺の僧たちが読経をした。

真言宗当山派の僧たちで、山伏の姿をしている。

古くから佐渡の金銀山の開発にたずさわってきたのも山伏で、真輪寺はその中心的な役割をはたしてきたのだった。

供養の後、摂津守は住職から守り札を受け取った。

「この日が我らの一年の始まりでござってな。供養をすれば上皇さまに守っていただけるのでござる」

山門の前には真っ直ぐな参道があり、左右に赤松の林がうっそうと生い茂っている。昼なお暗いほどに密生しているのは、防風林の役目をはたすためのようだった。

「実は南北朝の時代に、この寺は南朝方の拠点とされましてな。我が本間家も両派に分かれて戦い、そのあおりを受けて寺が焼き払われ申した。この赤松はそれ以後に植えたものでござる」

摂津守は景虎にぴたりと寄り添い、島の来歴を熱心に語った。

参道の中ほどまで進んだ時、

「景虎、覚悟」

頭上で鋭い声がした。

景虎が刀の柄《つか》に手をかけて見上げると、灰色の装束に白覆面の忍びが枝の上から飛びかかる構えを取っている。

皆の注意がそちらに向いた瞬間、道の反対側の松の木に潜んでいた忍びが矢を射かけた。

「景虎さま」

摂津守が声を上げて楯になるのと、頭上の忍びが直刀を手に飛びかかるのが同時だった。

景虎は敵の一撃をかわしざま抜き胴を放った。切っ先は腹をえぐったが、鎖帷子《くさりかたびら》にはばまれて浅手を負わせたばかりだった。

樹上の敵が二本目の矢を放った。

景虎がそれを払い落とした隙に、二人の忍びはどこへともなく姿を消していた。

「父上、父上」

左馬助が摂津守を抱き起こして呼びかけた。

矢は左の胸に深々と突き立っていた。

「左馬助か……」

「父上、気を確かに持って下され」

「景虎さまの楯となれて、本望じゃ。後のことは、頼む」

摂津守は観念した弱々しげな声を上げたが、直垂の胸に血はしみ出していない。

左馬助が傷を改めると、矢は杉板で作った真輪寺の守り札に突き立っていた。

「父上、これ」

左馬助が矢が刺さった札を引き出した。

「そうか。それでは」

摂津守は胸をさわって無傷だと確かめた。

あまりに弓勢が強かったので、胸を射ぬかれたと思い込んだのである。

「有難い。これこそ上皇さまのご加護じゃ」

摂津守は守り札を両手でつかみ、末代までの家宝にすると押しいただいた。

三

八月になると真野湾にも秋の気配がただよってくる。

海の色は深みを増して紺色がかってくるし、北西からの冷たい風が吹く日も多くなる。

それにつれて日本海を往来することが難しくなり、寄港する船も減っていく。

あるいは高梨源五郎らは、小笠原長雄との交渉に手間取り、今年のうちには戻れないのではないか。

景虎がそう案じ始めた頃、港で鐘が打ち鳴らされた。

石見につかわしていた能登屋の船が、二ヵ月ぶりに戻ってきたのである。

景虎は境内に出て入港の様子をながめた。

沖に錨を下ろした船から源五郎、外山茂右衛門が小舟に乗り移り、港に向かって漕ぎ寄せてくる。その後ろから、見知らぬ男たちを乗せた小舟がつづいていた。

源五郎らは城の大手門をくぐり、細い道を登って専得寺にやって来た。

「殿、ただ今戻りました」

源五郎が中庭に片膝をつき、黒々と焼けた顔に白い歯を見せた。

「長旅、ご苦労。して、成果は」

「小笠原さまは殿の歌に感服され、銀山の職人三人をつかわして下されました」

「私の歌？」

「お忘れでございますか。日の丸の扇に書かれた」

花の御所で会おうという歌に小笠原長雄は感じ入った。それが交渉の決め手になったという。

「これが銀太《ぎんた》、銀次《ぎんじ》、銀三《ぎんぞう》でございます。石見銀山でも名を知られた職人でございます」

源五郎が三人を前に押し出した。

いずれも不敵《ふてき》な面構えをしていた。

「面白い名だが、そちがつけたのであろう」

「さようでございます。なかなか覚えられないので」

「茂右衛門の横に控えているのは商人《あきんど》か」

「筑前博多の神屋《かみや》の手代でございます」

石見銀山を開発したのは、貿易商人として名高い神屋寿禎《じゅてい》である。朝鮮半島から灰吹法を導入したのも寿禎で、銀の輸出を一手に引き受けていた。

「それゆえ灰吹法を伝えるからには、銀の扱いを神屋に任せてもらいたいと、小笠原さまがおおせでございます」

「神屋の手代、利助《りすけ》と申します。よろしくお願い申し上げます」

小柄でねずみのような顔立ちをした利助が、揉み手をしながら頭を下げた。

「詳しいことは本間どのと共に聞くことにしよう。ともかく左馬助どのの所に帰参の挨拶に行ってくるがよい」

「その前にお伝えしたいことがありますので」

茂右衛門に先に行くようにうながし、源五郎は一人で中庭に残った。

そうして五人が出て行くのを確かめてから、縦長の木箱を景虎の前に運んだ。

中には二挺の火縄銃が納められていた。

「これは種子島《たねがしま》と呼ばれる南蛮渡来の武器でございます」

「これが武器か」

景虎は一挺を抱え上げた。

ずしりと重いが、どうやって使うのか分らない。鉄の筒先で突くのかとも思ったが、それではたいした威力はないはずだった。

「これに火薬というものを用いて弾を飛ばします。それが五町（約五百五十メートル）ばかりも飛び、敵を撃ち殺すことができるのでございます」

これが火薬でこちらが弾だと、源五郎が別の箱を差し出した。

厳重に封をした火薬は砂のようだし、鉛で作った丸い弾は小指の先ほどの大きさである。それを見てもどう使うのかさっぱり分らなかった。

「明日にもご披露申し上げましょう。殿もきっと目を回されますぞ」

「このような品を、どこで手に入れたのだ」

「小笠原さまからの返礼でございます。神屋が献上した十挺のうち、二挺を殿に渡してほしいとおおせでございます」

火縄銃が薩摩の種子島に伝わったのは五年前のことだが、九州ではすでに実戦で使われるようになっている。

石見銀山の銀を明国《みん》や南蛮に売りさばいている神屋は、明国の商人から十挺を買い入れ、小笠原長雄に献上したのである。

「これはまだ畿内にも伝わっておりませんが、やがて戦の勝敗を決する鍵になるかもしれません」

「それほどの物か、この鉄の棒は」

「一挺につき銀五貫（約八百万円）はすると、利助が申しておりました」

翌日、景虎は左馬助の一行と連れ立って裏山の百枚平に登った。

左馬助や茂右衛門は、石見から来た職人三人とともに灰吹法の実験をして実用化の道をさぐろうとしている。

景虎はもう少し山奥まで分け入り、源五郎と利助に鉄砲を撃たせることにしたのだった。

「雷のような音がしますぞ。ご注意くだされ」

源五郎は利助に指示をあおぎながら、たどたどしく準備を進めた。

まず筒先から火薬と弾を入れ、砲身の下につけた細い棒（槊杖《かるか》）で軽く押し込む。そして鉄砲を持ち、砲身の根本《ねもと》にある火皿に口火薬を入れ、蓋を閉ざす。

「これが大事なのでござる。この蓋を閉め忘れたまま火縄をつければ、暴発することがございます」

源五郎は火蓋をしっかりと閉ざし、火挟みを上げて火をつけた火縄を取りつけた。

「これで準備は終わり。後は火蓋を開けて、引鉄《ひきがね》を引くばかりでございます」

ようござるか、撃ちますぞ。源五郎は自分を励ますように声を上げ、十間（約十八メートル）ほど先の松の大木に狙いを定めて引鉄を引いた。

ガァーン

耳をつんざく凄まじい音がした。

黒い煙が上がり硫黄《いおう》の臭いがただよったが、景虎には何が起こったのか見当もつかなかった。

「め、命中しました。あれを見て下され」

源五郎が松の大木を見やった。

うろこのような文様をしたぶ厚い皮に弾がめり込み、黒い焦げ穴となって煙を上げている。

この松が人間ならと思うと、空恐ろしいほどだった。

翌日から雨が降った。

秋にはよくある霧のように細かい雨が三日間降りつづいた。

景虎は源五郎と利助から鉄砲の撃ち方を教わり、ほぼ完全に習得した。

火薬と弾を込めるところから引鉄を引くまでの一連の動作をやってみて、これで出来るという自信があったが、実弾を撃つわけにはいかなかった。

寺であれだけの爆発音がしたら、城中の者も城下の者も何事が起こったのかと胆を冷やすにちがいない。

そのことが不安をあおり、景虎らが滞在していることへの反発につながるかもしれなかった。

景虎は撃ちたくて仕方がない。

松の木をえぐった鉄砲の威力を見た瞬間、この武器がこれからの戦い方と勢力図をがらりと変えると直感している。

早く自分で試してみたかったが、寺では撃てず雨は上がらず、鉄砲を抱えたまま空をながめていたのだった。

四日目に雨が止んだ。

景虎は源五郎らを連れて百枚平に上がった。

製錬の作業小屋では灰吹法の導入の仕度が着々と進んでいる。それを横目に奥に分け入り、この間の場所に立った。

的となった松の大木から十間離れた位置に立つと、景虎は鉄砲を受け取って射撃の仕度にかかった。

「殿、音が大きいので耳がつんとします。耳栓《みみせん》を使われた方が」

源五郎が綿で作った栓を差し出した。

「不要だ。この間聞いたので、音の程度は分っている」

景虎は練習した通りに火薬と弾を込め、すべての仕度を終えて松の大木に狙いを定めた。

ぶれのない構えのまま引鉄を引くと、轟音《ごうおん》が上がり筒先から炎が吹き出した。

射撃の反動が体にかかり、耳はつんとして何も聞こえなくなっている。それでも感動と充実感に胸が満たされていた。

清七郎と喜久野も一発ずつ撃ち、驚愕《きょうがく》とも感動ともつかぬ呆《ほう》けた顔をした。

「これが二十挺ばかりあれば、十倍の敵にも勝つことができよう」

景虎はどうしたら手に入るかと源五郎にたずねた。

「今は種子島でしか造られていませんが、もうじき泉州堺や紀州の根来《ねごろ》でも造られるようになるそうでございます」

利助が代わりに答えた。

「一挺が銀五貫と申したな」

「鶴子の銀山がうまくいけば、銀はいくらでも手に入ります。問題は火薬と弾の買い付けでございます」

火薬は硝石と硫黄と木炭でできているが、硝石という鉱石は日本では産出しないので輸入しなければならない。

だが種子島に鉄砲を伝えた南蛮人たちは、特定の者にしか硝石を売らないし、火薬の作り方も教えないという。

「神屋には売ってくれるのか」

「さようでございます。それゆえ佐渡で掘り出した銀は、神屋で扱わせていただきたいのでございます」

利助がねずみ顔に愛想笑いを浮かべ、何度も頭を下げた。

確かに火薬がなければ鉄砲は使えない。それを手に入れるために神屋や南蛮人の言いなりになるとすれば、何か大きな罠にからめ取られるのではないか。景虎は漠然《ばくぜん》とそう感じていた。

景虎らが鉄砲の訓練に熱中している間に、作業小屋では灰吹法を取り入れるための設備が完成していた。

「どうぞ、ご披見下されませ」

左馬助と茂右衛門が案内した。

小屋ごとに作業の手順が分かれていて、石見から来た三人の職人が手本を示してくれた。

「まず細かく砕いた鉱石を、鉛を溶かした鍋の中に入れます」

茂右衛門の説明に合わせて銀太が鉱石を入れた。

従来の製錬では鉱石に直接熱を加えていたので、溶け出す温度も高かったし不純物も混じっていた。

だが溶けた鉛の中に入れると、鉛と融合《ゆうごう》する性質のある銀は、鉱石から離れて鉛と合金を作る。

溶けた銀と鉛の合金を別の容器に入れて薄板状にし、冷えて固まった後に五分（約一・五センチ）四方ほどの小片に切り分ける。

「切り分けたものを灰で作った台の上に乗せ、もう一度熱を加えるのでございます」

茂右衛門が言うと、銀次と銀三が灰の上に小片を置き、そのまわりに燃えさかる炭を置いて鞴《ふいご》で風を吹きかけた。

すると融点（溶け出す温度）が低い鉛だけが先に溶けて、灰を突き抜けて落ちていく。そして灰の台の上には、溶けて玉状になった銀だけが残るのである。

「こうして鉱石を吹き分けるので、灰吹法と呼ばれています。この方法だと、今までより炭も少なくてすみますし、混ざり物のない銀を作ることができるのでございます」

これはまだ小さな規模だが、これからは石見銀山に劣らぬ設備を作っていきたい。茂右衛門はそう言って胸を張った。

「景虎さま、このような所で恐縮でございますが」

左馬助が番所に案内し、盂蘭盆の日に景虎を襲った忍びが河原田城にかくまわれていると言った。

「まことか」

「本家に嫁いだ妹が知らせて参りました。腹に傷を負って、金瘡医《きんそうい》の手当てを受けているそうでございます」

景虎の放った抜き胴の一撃は、案外深手を負わせていたのである。

「河原田の本間肥後守《ひごのかみ》は、兄晴景と通じていると申したな」

「さようでございます。手負いの忍びをかくまったのも、そのためでございましょう」

「城の絵図はあるか」

「ございます」

左馬助が手回し良く懐から取り出した。

石田川西岸の尾根にきずかれた城の見取り図で、本丸と二の丸の配置や、館や門の場所を大まかに記してあるだけである。

だが幼い頃から城攻めについて学んできた景虎には、どこに弱点があるかすぐに分った。

「忍びがかくまわれている場所は分るか」

「二の丸の下人小屋。おそらくこのあたりと存じます」

左馬助が絵図の一点を指した。

「ならば城に乗り込んで、誰が命じたかを確かめなければなるまい」

上杉定実ならまだ我慢できる。

だが晴景だとしたなら、こちらも覚悟を定めなければならなかった。

決行は八月八日と決めた。

この日は世阿弥の百六回忌で、佐渡の村々では追善興行が行なわれる。

河原田城でも本丸に家臣や領民を集め、盛大に薪能をもよおすことになっていた。

大勢が出入りするので警備は手薄になるし、二の丸の下人小屋にも近付きやすい。それに主従が一堂に会するので、一網打尽にすることもできるのだった。

景虎は昼餉を終えてから準備を始めた。動きやすいように裁着袴をはき、小袖の下に鎖帷子を着込む。

清七郎や源五郎、警固の五人にも同じ姿をさせたが、喜久野には寺で待つように申し付けた。

「万一失敗した時には、栃尾城に急を知らせなければならぬ。その役をはたしてくれ」

不満そうな喜久野に、景虎はそう言い聞かせた。

失敗するとは端《はな》から思っていないが、何が起こるか分らないので、喜久野を危険にさらしたくなかった。

「鉄砲は持参しますか」

源五郎がたずねた。

「使ってみよう。火種はあるか」

「懐炉《かいろ》という便利な物があります」

香炉のような器に灰と炭を入れただけだが、半日くらいは使えるという。

「ならばそちと清七郎が持て。音だけでも度肝《どぎも》を抜くことができるだろう」

景虎は愛用の白鞘《しろさや》の大小をたばさみ、紺色の小袖に白いたすきをかけ、額金を巻いた。

出発間際になって、小具足をつけた左馬助が駆け込んできた。

「それがしもお供させて下され」

「独立するいい機会でございます。本間肥後守どのに迫り、景虎さまの直臣になることを認めさせとうございます」

「本家に弓引くか」

だから共に戦わせてほしいと、左馬助が片膝をついて頼み込んだ。

総勢九人になった一行は、喜久野に見送られて沢根城を出た。

人目につかないように百枚平へ向かい、尾根の道をたどって河原田城の後方の山に回り込んだ。

そこからなだらかに下る尾根に河原田城は築かれていた。

先端に本丸があり、手前に二の丸、その前には石田川から水を引き入れた大きな堀を配し、北から攻めて来る敵に備えている。

景虎は曲輪や御殿の配置が絵図の通りだということを確かめ、攻め口の当たりをつけた。

「二の丸の入口は二ヵ所。堀に面した通用門と西側の搦手門だ」

薪能の間は搦手門は厳重に閉ざされているだろうが、通用門は開けているだろう。そして演能の間は警備が手薄になるはずである。

狙うのはその時だった。

陽は大佐渡山地の尾根の向こうに沈んでいく。あたりは次第に闇に包まれ、真野湾も色相を変えていく。

淡い朱色から深い紅色、そして灰色がかった黒へと、夕暮れの空の色を映して表情を変える。

餌を求めてあわただしく飛び交っていた鳥たちも塒《ねぐら》に帰り、あたりは夜の帳《とばり》に閉ざされていく。

自然はなんと豊かだろうと思いながら、景虎はふと光育禅師の言葉を思い出した。

「人は執着ゆえに御仏の道を踏みはずし、修羅の地獄に落ちてゆく」

その言葉が雄大な景色の中で胸に切なく迫ってきた。

やがて城の本丸から笛と鼓の音が聞こえてきた。

薪能が始まったのである。

景虎は無言で立ち上がり、尾根の道を下っていった。

堀の側の通用口にはかがり火が焚かれ、二人の門番がいた。

「能会に招かれたが、遅れたようだ。通してもらいたい」

「書状をお持ちでしょうか」

門番は景虎の出で立ちを見て丁重な態度を取った。

「書状というと」

「ご招待した方には、招き状を送らせていただいております」

「おお、そうだ。あまりに急いできたので失念しておった」

景虎は懐をさぐって捜すふりをしながら二人に近付き、当て身を入れて昏倒させた。

清七郎らが二人を縛り上げ、猿ぐつわをして植え込みに隠した。

そうして門扉を固く閉ざし、二の丸の下人小屋に向かった。

「こちらでございます」

源五郎がいち早く小屋を見つけ出した。

戸の隙間から中をのぞくと、薄暗い土間に小柄な男が横になっていた。筵を敷き蓑をかぶってうずくまっているが、物音に不審を持ったらしく脇の下に刀を引き寄せている。

「今度は飛び下りずにすむようだな」

そう言うなり戸を蹴り開けると、男は飛び起きて梁の上に逃れようとした。

景虎はそれより早く踏み込んで、首筋に刃を当てた。

男は髪が白く歯が抜け落ちた老人である。だが目が赤く充血しているので刺客だと分った。

「ちっ、風魔の飛猿《とびざる》も焼きが回ったもんだ」

男は観念して座り込んだ。

「やはり風魔か。雇ったのは上杉か長尾か」

「長尾晴景、あんたの兄貴さ」

「この城の主がお前をかくまったのは、兄と通じているからだな」

飛猿は口を引き結んで答えるつもりがないことを示した。

「ならば肥後守にきくまでだ」

飛猿を後ろ手に縛り上げ、源五郎に背負わせて本丸に向かった。

庭には桟敷が組まれ、能舞台では薪能が演じられている。

演目は沢根城内の白山神社でも演じられた『屋島』である。

島への共感なのか源義経《みなもとのよしつね》が登場するからか、佐渡島では『屋島』が圧倒的な人気を誇っているのだった。

景虎らは演者の控え室である鏡の間に踏み込み、能装束の五人を取り押さえた。

「今日のシテは誰だ」

「ほ、本間肥後守さまでございます」

翁役の者が答えた。

「ほう、さようか」

景虎は揚幕の隙間から舞台をながめた。

『屋島』は後段の山場にさしかかっている。平太《へいだ》の面をかぶり、派手な半切、法被を着た義経の亡霊が、舞いながら平教経《たいらののりつね》との戦の修羅場を語る場面である。

語りつくし舞いつくした亡霊は、

〽かたきと見えしは群れいるかもめ　ときの声と聞こえしは浦風なりけり高松の合戦のむなしさを謡いながら舞台から橋掛りへと向かっていく。

下手は舞台に立てないと摂津守は言ったが、肥後守の芸も腰の据わった見事なものだった。

景虎は揚幕からのぞきながら、最後まで演じさせてやることにした。

そして目の前まで下がってきた時、ぱっと揚幕を上げて義経の胸倉をつかんだ。

「な、何をする」

初老の肥後守は何が起こったか分らず、景虎の手を払いのけようとした。

「長尾景虎、見参」

景虎は肥後守を引きずって、かがり火に照らされた舞台までもどった。

桟敷や芝にいる家臣たちは、唖然として動けない。これも能の趣向だと思っている者も多かった。

景虎は肥後守を後ろ手にねじり上げたまま、客席に向かって引きすえた。

源五郎がその鼻先に飛猿をどさりとほうり投げた。

「肥後守、この忍びに覚えがあろう」

「…………」

「長尾晴景に命じられて、私の命を狙った者だ。そちは晴景に身方して、この忍びをかくまった。そうだな」

景虎は平太の面ごと肥後守の頭を床に押さえつけて白状を迫った。

家臣たちはこれが芝居ではないことにようやく気づき、刀を抜き放って舞台に駆け上がろうとした。

「動くな」

清七郎がそう叫ぶなり、舞台の庇《ひさし》に向けて火縄銃を放った。

ガァーン
もの凄い音とともに筒先から火を噴き、弾が庇を突き破った。

家臣たちは再び啞然として動けなくなった。あまりの凄まじさに腰を抜かしてへたり込む者もいた。

「命を取るつもりはない。聞かれたことに答えよ」

「そうじゃ。その通りじゃ」

肥後守があえぎながら認めた。

「ならばそちは私とは無縁の者だ。だが本間左馬助は私の直臣になりたいと申しておる。それで良いな」

「そ、それは……」

「認めぬとあらば、この場で頭を吹き飛ばすぞ」

景虎が言うと、清七郎が火縄銃の筒先を面の額にぴたりと当てた。

「認める。認めるから助けてくれ」

「皆も聞いたであろう。今日から本間左馬助は長尾景虎の直臣だ。手出しをする者があれば、この私が容赦はせぬ。そうだな、左馬助」

「ははっ、有難き幸せ」

左馬助が床に頭をすり付けて平伏した。

景虎は放心したままの肥後守を残し、皆を連れて悠然と引き上げた。

この年の暮れ、景虎はわずかな家臣とともに春日山城に乗り込み、兄晴景を隠居させて長尾家の家督を継いだ。

それからわずか三年で越後一国を統一するが、力の源泉となったのは鶴子銀山で産する大量の銀と、博多の神屋を通じて手に入れた火縄銃だった。

解説

細谷正充

安部龍太郎を読み解くためのキーワードといったとき、多くの人は〝帝〟を思い出すだろう。帝（と朝廷）を通じて、日本と日本人とは何かを問いただすことが、安部作品の太い柱となっている。だが、ひとつのテーマで語れるほど、作者の器は小さくない。もうひとつ重要なキーワードが存在するのだ。それが〝海〟である。

作者の海に対する関心は、早くから示されている。第一長篇『黄金海流』で、伊豆大島の波浮の築港計画を扱っているではないか。この港ができれば、航路を短縮して、江戸の物流が劇的に変わることになる。その計画に奔走する人々と、幕閣の陰謀を描いた痛快な時代エンターテインメントであった。そして海を道とした物流への関心が、波乱のストーリーから確かに伝わってきたのである。

以後も作者は、『海神　孫太郎漂流記』『五峰の鷹』『宗麟の海』『幕末　開陽丸　徳川海軍最後の戦い』『姫神』『蝦夷太平記　十三の海鳴り』など、海が重要な役割を果たす長篇を上梓している。奈良時代の巨大プロジェクトである平城京遷都を題材にした『平城京』も、主人公が海の男なのだから、海に寄せる想いは筋金入りなのだ。

ではなぜ、それほど海にこだわるのか。ひとつは純粋な憧れだろう。南国の島に漂着した、江戸時代の若き水夫の冒険を活写した『海神　孫太郎漂流記』の単行本の帯で作者は、

「その昔『十五少年漂流記』を胸ときめかして読んだものだ。

ふいの災難にみまわれて漂流を余儀なくされた少年たちが、数々の苦難を乗り越え、結束を強めながら生き抜いていく姿に強い感銘を受けた」

といい、最後に「これは私の『十五少年漂流記』である」と宣言している。胸ときめかす冒険の場として、まず作者は海に目を向けたのではなかろうか。

そしてもうひとつが、海のもたらすものである。島国である日本は、遥か昔から、海を渡ってきた文化や人物を受け入れてきた。ただし渡来するのは大陸から、もしくは大陸経由が中心である。その状況が、戦国時代に大きく変化する。なぜなら日本で戦乱が続いていたとき、ヨーロッパでは大航海時代が到来していたのだ。スペインやポルトガルが、富や名誉を求めて世界に乗り出した。その視野の中に、日本もあったのだ。また、

キリスト教のイエズス会も、布教の地として日本にやってくる。これにより戦国の日本は、ヨーロッパの文化や文明を知り、さまざまな影響を受けることになるのだ。このあたりのことは作者の『信長の革命と光秀の正義 真説 本能寺』に詳しく書かれているので、興味のある人はご一読いただきたい。

そういえば作者と、元外務省主任分析官の佐藤優の対談集『対決!日本史 戦国から鎖国篇』に、注目すべき発言がある。作家になろうかどうか悩みながら、なかなか公務員を辞められないでいた二十八歳のとき、作者は友人に誘われてインドを旅した。そしてニューデリー、ヴァーラーナシー、ブッダガヤなどを回り、

「『自分は今まで、日本でしか通用しない価値観をもって生きてきたのだな』と非常に強く感じたのです。自分がこれまで縛られてきた価値観なんて、突き放して相対化してみれば、いかにちっぽけなものか。そのことに気づいた僕は、インドから帰国してすぐに役所に辞表を提出しました」

といっているのだ。海を渡ったインドで、新たな価値観を得た作者は、他の国がもたらす文化や文明の力を実感したのではないか。そして歴史小説家として戦国時代と格闘するうちに、当時の日本がどれほどヨーロッパからの影響を受けたのか理解したと思わ

れる。その歴史認識を形にしたのが、本書なのである。

『海の十字架』は、「オール讀物」二〇一七年八月号から一九年九・十月号にかけて、断続的に掲載された戦国武将を主人公にした六作をまとめた作品集だ。単行本は、二〇二〇年二月に、文藝春秋から刊行された。冒頭の「海の十字架」は、日本初のキリシタン大名・大村純忠を扱っている。六歳のときに有馬家から大村家に養子に出され、二十九歳の今は当主をしているが、その地位は盤石ではない。そんなとき、家臣に招かれて、近衛バルトロメオがやってくる。前関白近衛稙家の庶子だが、イエズス会の神父から洗礼を受けたという、どこかうさん臭い男だ。バルトロメオの話に乗って、領内の横瀬浦をポルトガル船の来る港にすることにした純忠。イエズス会を味方にするために、形だけの入信をするのだが……。

生真面目な性格の純忠は、きちんとイエズス会の教えを覚えるうちに、いつしか本物の信者になっていく。終盤でしたたかな立ち回りを見せるバルトロメオとの対比で、そんな純忠の姿が際立つ。戦国の世を生き抜こうとしたキリシタン大名は、何を得て、何を失ったのか。万里の波濤を越えて押し寄せる、宗教侵略・文化侵略の恐ろしさが、この作品から感じられるのだ。

続く「乱世の海峡」は、宗像家の当主で、宗像神社の第七十九代大宮司である、宗像氏貞が主人公だ。ちなみに宗像神社（大社）は、沖ノ島の沖津宮、筑前大島の中津宮、宗像市田島の辺津宮《へつみや》の三社の総称である。場所からも分かるように、海と縁の深い神社なのだ。また、宗像氏は水軍を擁し、交易や運送にも力を発揮していた。

だが戦国大名としての宗像家は、大友家と毛利家の間で、苦しい選択を迫られる。大友勢に神社を焼かれても、表だって責めることができない、厳しい立場なのだ。それでも水軍を頼りに戦国を生きる宗像家を、作者は鮮やかに表現したのである。

「海の桶狭間」の主人公・服部友貞は、木曽川の河口に横たわる鯏浦で、海運や水運、漁労に従事する者たちを束ねる棟梁のひとりである。昨年の水練くらべで織田信長に敗け、なんとか今回は勝とうとする友貞。策を弄して勝利を摑んだ。しかし勢力を増す信長と、単なる棟梁に過ぎない自分との違いが、悔しくてならない。そんなとき斯波義冬から、信長を成敗する今川義元の兵を運ぶ船を集めるように依頼されるのだった。

桶狭間の戦い異聞ともいうべき、ユニークな内容である。勝手に信長をライバル視する友貞だが、ここぞというときに盛大に空回りしてしまう。それが彼の人生を決定してしまうのだから、可笑しくもあり、哀しくもある。でも、作者の友貞に向ける眼差しは、どこか優しい。敗者もまた、歴史を創る一員であると思っているからだろう。

「螢と水草」は、三好長慶の弟の安宅冬康を中心にして、三好四兄弟の運命が綴られている。淡路一国を預かり、三好家最強の水軍を配下に持つ冬康は、長慶の重臣の松永弾正が、ふたりの兄弟を殺したと確信。何事かを企む弾正を排除しようとする。

本作は三好家の重臣から、さらに飛躍していく弾正を、踏み台にされた三好四兄弟を通じて描いた物語といえるだろう。作者は、長慶が八ヵ国の太守になったのは、瀬戸内海の海運を支配していたからだと書く。水軍を率いていた冬康は、三好家にとって重要人物である。しかし冬康は長慶によって殺される。この件に関しては諸説あるが作者は、弾正の策動によるという説を使い、三好家の崩壊を巧みに描き出したのだ。

「津軽の信長」は、後に弘前藩初代藩主となる大浦（津軽）為信が、世に出るまでの経緯を見つめている。若き日の為信が、異常なまでに関心を持ったのは、尾張の織田信長であった。桶狭間の戦いの噂の断片をかき集め、自分も信長になると誓った為信。だが津軽全域は南部家の支配下にあり、大浦家の当主として中津軽郡一帯を領有している為信は、大仏ヶ鼻城の城主・南部高信に頭を押さえられている。それでも為信は、安東家の家臣・蠣崎慶広と、津軽海峡を間に挟んだふたつの国を造り、海を使った交易をしようという夢を語るのだった。

為信が信長に憧れていた。この発想には感心した。いわれてみれば、北の地で伸長していく為信は、リトル信長といっていい。交易に力を入れた信長を知り、海運を夢見るというのも説得力がある。為信の出自がはっきりしないことを利用した、クライマックスの展開も面白い。独自の視点で、為信の前半生を描き切った、作者の手腕が素晴らしい。

ラストの「景虎、佐渡へ」は、長尾景虎（後の上杉謙信）が主人公。長尾一門や国衆が、兄の晴景派と弟の景虎派に分れ、越後に不穏な空気が立ち込めていた。そんなとき景虎は佐渡島に渡る。そして銀の採掘と、南蛮渡来の鉄砲を知るのだった。兄弟の争いに景虎が勝利したことは、周知の事実である。作者はそこに至る景虎に、佐渡島の銀と南蛮の鉄砲の力を与えた。海から渡ってきたものと、戦国武将のかかわりから見えてくる、新たな戦国史がここにあるのだ。

以上、六篇。どれも歯ごたえのある作品だ。直接的・間接的な違いがあれど、戦国時代は大航海時代とリンクしていた。その事実を嚙み締めながら味読熟読してほしい。さらに付け加えるならば、多くの話が、戦国武将が新たなステップを踏み出す瞬間を描いている。この点にも留意しながら、安部龍太郎にしか書けない戦国時代を、大いに堪能したいのである。

（文芸評論家）

初出誌「オール讀物」
海の十字架　二〇一九年三・四月号
乱世の海峡　二〇一八年一月号
海の桶狭間　二〇一七年八月号
螢と水草　二〇一八年七月号
津軽の信長　二〇一八年四月号
景虎、佐渡へ　二〇一九年九・十月号

単行本は二〇二〇年二月に文藝春秋より刊行されました。

DTP制作　ローヤル企画

文春文庫

海《うみ》の十《じゆう》字《じ》架《か》

定価はカバーに表示してあります

2022年7月10日　第1刷

著　者　安《あ》部《べ》龍《りゆう》太《た》郎《ろう》
発行者　花田朋子
発行所　株式会社 文藝春秋

東京都千代田区紀尾井町 3-23　〒102-8008
TEL　03・3265・1211(代)
文藝春秋ホームページ　http://www.bunshun.co.jp

落丁、乱丁本は、お手数ですが小社製作部宛お送り下さい。送料小社負担でお取替致します。

印刷製本・凸版印刷

Printed in Japan
ISBN978-4-16-791904-7

（　）内は解説者。品切の節はご容赦下さい。

安部龍太郎
等伯（上下）
武士に生まれながら、天下一の絵師をめざして京に上り、戦国の世でたび重なる悲劇に見舞われつつも、己の道を信じた長谷川等伯の一代記を描く傑作長編。直木賞受賞。（島内景二）
あ-32-4

安部龍太郎
姫神
争いが続く朝鮮半島と倭国の平和を願う聖徳太子の遣隋使計画。海の民・宗像の一族に密命が下る。国内外の妨害工作に悩まされながら、若き巫女が起こした奇跡とは——。（島内景二）
あ-32-6

安部龍太郎
おんなの城
結婚が政略であり、嫁入りが高度な外交だった戦国時代。各々の方法で城を守ろうと闘った女たちがいた——井伊直虎、立花誾千代など四人の過酷な運命を描く中編集。（島内景二）
あ-32-7

安部龍太郎
宗麟の海
信長より早く海外貿易を行い、硝石、鉛を輸入、鉄砲をいち早く整備。宣教師たちの助力で知力と軍事力を駆使して瞬く間に九州を制覇した大友宗麟の姿を描く歴史叙事詩。（鹿毛敏夫）
あ-32-8

安能　務
始皇帝
中華帝国の開祖
始皇帝は〝暴君〟ではなく〝名君〟だった!?　世界で初めて政治力学を意識し中華帝国を創り上げた男。その人物像に迫りつつ、現代にも通じる政治学を解きあかす一冊。（冨谷　至）
あ-33-4

浅田次郎
壬生《みぶ》義《ぎ》士《し》伝《でん》（上下）
「死にたぐねえから、人を斬るのす」——生活苦から南部藩を脱藩し、壬生浪《みぶろ》と呼ばれた新選組で人の道を見失わず生きた吉村貫一郎の運命。第十三回柴田錬三郎賞受賞。（久世光彦）
あ-39-2

浅田次郎
輪《わ》違《ちがい》屋《や》糸里《いとさと》（上下）
土方歳三を慕う京都・島原の芸妓・糸里は、芹沢鴨暗殺という、新選組の内部抗争に巻き込まれていく。大ベストセラー『壬生義士伝』に続き、女の〝義〟を描いた傑作長篇。（末國善己）
あ-39-6

青山文平
白樫の樹の下で
田沼意次の時代から清廉な松平定信の息苦しい時代への過渡期。いまだ人を斬ったことのない貧乏御家人が名刀を手にしたとき、何かが起きる。第18回松本清張賞受賞作。（島内景二）
あ-64-1

青山文平
かけおちる
藩の執政として辣腕を振るう男は二十年前、男と逃げた妻を斬った。今また、娘が同じ過ちを犯そうとしている――。時代小説の新しい世界を描いて絶賛される作家の必読作！（村木　嵐）
あ-64-2

青山文平
つまをめとらば
去った女、逝った妻……瞼に浮かぶ、獰猛なまでに美しい女たちの面影は男を惑わせる。江戸の町に乱れ咲く、男と女の性と業。女という圧倒的リアル！　直木賞受賞作。（瀧井朝世）
あ-64-3

青山文平
遠縁の女
追い立てられるように国元を出、五年の武者修行から国に戻った男が直面した驚愕の現実と、幼馴染の女の仕掛けてきた罠。直木賞受賞作に続く、男女が織り成す鮮やかな武家の世界。
あ-64-4

朝井まかて
銀の猫
嫁ぎ先を離縁され「介抱人」として稼ぐお咲。年寄りたちに人生を教わる一方で、妾奉公を繰り返し身勝手に生きてきた、自分の母親を許せない。江戸の介護を描く傑作長編。（秋山香乃）
あ-81-1

朝松　健
血と炎の京《みやこ》
私本・応仁の乱
応仁の乱は地獄の戦さだった。花の都は縦横に走る塹壕で切り刻まれ、唐土の殺戮兵器が唸る。戦場を走る復讐鬼・道賢と、救いを希う日野富子を描く書下ろし歴史伝奇。田中芳樹氏推薦。
あ-85-1

井上ひさし
手鎖心中
材木問屋の若旦那、栄次郎は、絵草紙の人気作者になりたいと願うあまり馬鹿馬鹿しい騒ぎを起こし……歌舞伎化もされた直木賞受賞作。表題作ほか「江戸の夕立ち」を収録。（中村勘三郎）
い-3-28